Papis et circenses

ALFAGUARA

José Roberto Torero

Papis et circenses

VENCEDOR
Prêmio Paraná de Literatura
2012

ALFAGUARA

Editora Objetiva Ltda.
Rua Cosme Velho, 103
Rio de Janeiro — RJ — Cep: 22241-090
Tel.: (21) 2199-7824 — Fax: (21) 2199-7825
www.objetiva.com.br

Capa
Mateus Valadares

Revisão
Joana Milli
Eduardo Rosal
Lilia Zanetti

Editoração eletrônica
Abreu's System Ltda.

PRISA EDIÇÕES

1ª edição: Biblioteca Pública do Paraná, 2012
2ª edição, revisada e ampliada: Editora Objetiva, 2013

CIP-BRASIL. CATALOGAÇÃO NA PUBLICAÇÃO
SINDICATO NACIONAL DOS EDITORES DE LIVROS, RJ

T636p

Torero, José Roberto
Papis et circenses / José Roberto Torero. – 2. ed. – Rio de Janeiro: Objetiva, 2013.
il.

127p. ISBN 978-85-7962-225-0

1. Papas – Ficção. 2. Ficção brasileira. I. Título.

13-00829 CDD: 869.93
CDU: 821.134.3(81)-3

A palavra papa vem do grego *pappas*, e significa “pai”, “papai”, “pápi”, “pápis”.

Pedro

É noite. Os soldados prendem Jesus no Monte das Oliveiras e o levam até a casa de Caifás.

Pedro, a pedra fundamental, segue o grupo de longe.

Enquanto Jesus é julgado pelos setenta sábios judeus, ele se aproxima dos soldados que fazem uma fogueira no pátio a fim de escutar alguma notícia de seu mestre. É quando uma serviçal o reconhece:

— Você não é do grupo do profeta que foi preso?

— Quem? Eu? Não.

Um soldado estranha seu sotaque e pergunta:

— Mas você fala como um galileu.

— Impressão sua, senhor soldado — fala Pedro caprichando nos esses como se fosse de Jerusalém.

Então o capitão da guarda aproxima-se, fica cara a cara com ele e diz:

— Teu rosto não me é estranho. Acho que estavas no grupo dele.

— Não, nunca, jamais! Nem sei quem é este tal de Jesus — responde aquele que será o primeiro papa.

Lino

12º Decreto

Eu, Lino, sucessor de Pedro, decreto que, de ora em diante, as mulheres cubram as cabeças durante nossos cultos.

Aos que ousam pensar que se trata de uma deliberação injusta e sem motivo, explico minhas razões, e quem tiver olhos para ver e tino para entender há de concordar comigo.

Vejam bem:

Há mulheres feias e mulheres belas.

As feias nos fazem pensar no inferno.

As belas nos fazem pensar em coisas que nos levam ao inferno.

Assim sendo, como a Igreja não quer que seus filhos acabem no inferno, seja nesta vida ou na outra, é mister que não se vejam os rostos das filhas de Eva.

Aliás, a própria Eva, ao sair do paraíso, cobriu suas vergonhas e belezas. Assim, apenas aperfeiçoo tal atitude, fazendo com que as mulheres de hoje cubram as vergonhas e as belezas de suas faces.

Por inspiração divina, determino e firmo,

Lino.

Anacleto

Anacleto lutou contra o culto a objetos mágicos.

Ele disse que pedras coloridas não curavam, que entranhas de aves não podiam prever o futuro, que chifres de animais mortos não davam força, que gatos pretos não traziam azar, que varas de condão eram só gravetos.

Depois ordenou a veneração ao túmulo de Pedro.

Pio I

— Pio, você é muito pio.

— E você é péssimo em trocadilhos, Marcião.

— Minha especialidade é a teologia.

— Foi para falar sobre isso que o chamei aqui.

— Vai tentar mudar minhas ideias?

— Não são ideias, são loucuras.

— Loucura é o que estão fazendo com o cristianismo. Vocês, seguidores de Pedro, são apenas judeus disfarçados.

— Nossa religião está crescendo.

— Ervas daninhas também crescem.

— O que você propõe?

— Temos que separar os escritos. Os textos judeus não têm nada a ver conosco. Eles são o Antigo Testamento. Nós temos que escrever o Novo Testamento.

— Estes dois termos nunca serão utilizados. O livro é um só.

— São dois. E dois são os deuses.

— Dois?

— O Deus do Antigo Testamento é um deus sangrento e vingativo. O Deus de Jesus é um deus de amor e misericórdia.

— Prove.

— Cristo era bom com os cegos, Davi mandou matá-los; o Deus judeu diz "Olho por olho, dente por dente", o Deus de Jesus diz "se te esbofeteiam uma face, oferece a outra"; a Lei dos judeus diz "se alguém toma uma roupa alheia, deve pagar em dobro", Cristo declara "ao que te rouba o manto, oferece a túnica"; o Deus cristão salva os que creem nele, mas não castiga os outros, o Deus de Moisés salva seus fiéis e castiga o resto; Javé estabeleceu o sábado como dia santo, Jesus trabalhou no sábado; a Lei proíbe tocar numa mulher em dias de regra, e Jesus não só a toca, como a cura. Provei?

O papa pensa por um instante e depois diz num só fôlego:

— Marcião, você está excomungado.

Victor I

— Teodoto, você sabe por que o fiz vir de Bizâncio até aqui?

— Para que eu conheça o esplendor de Roma é que não foi.

— Não mesmo. Foi para que eu escutasse de sua própria boca o que andam dizendo que você diz.

— Explico com muito gosto, porque é coisa em que acredito e tenho em mim que é uma bela fé.

— Comece.

— Creio que Jesus era um homem como eu e como tu.

— Não era filho de Deus?

— Era. Mas um filho adotado.

— Então Jesus não era divino?

— Só quando chegou aos céus. Enquanto estava na Terra sangrava, suava, cuspia, mijava e cagava como nós.

— E você acha esta teoria bonita, Teodoto?

— Acho que é muito linda, senhor papa. Sou um reles curtidor de couro, mas entendo que o filho adotado é mais amado que o natural, posto que não é enviado pela sorte, mas escolhido por nós.

— Eu não adotarei suas ideias.

— Não precisa. Ela já tem um pai: eu.

O papa pensa por um instante e depois diz num só fôlego:

— Teodoto, você está excomungado.

Fabiano

Fabiano era religioso, mas nem tanto.

Estava voltando a Roma e passou em frente à assembleia dos cristãos que escolhia quem seria o novo papa. Por curiosidade, resolveu dar uma olhada. Foi quando uma pomba branca pousou sobre sua cabeça. Os cristãos tomaram aquele fato como um aviso de Deus e não como um acaso.

E assim Fabiano foi eleito papa, amém.

Calixto

As quatro escapadas de Calixto

Calixto era escravo doméstico do cristão Carpóforo, e convenceu seu senhor de que emprestar dinheiro a juros poderia ser um bom negócio. Carpóforo deu-lhe uma boa soma em troca de parte dos lucros. Mas Calixto embolsou o dinheiro e, quando Carpóforo pediu para ver as contas, a saída foi fugir para o estrangeiro. E assim Calixto escapou da prisão.

Encontraram-no trabalhando num navio cargueiro. Então foi preso e levado a Carpóforo, que o condenou a cem chibatadas. Mas alguns cristãos rogaram que a pena fosse abrandada. E assim Calixto escapou da dor.

Tudo seguia bem até que ele brigou num sábado, dentro de uma sinagoga, ao tentar receber dívidas de alguns judeus. Foi preso e arrastado até o prefeito da cidade, que o condenou a trabalhar nas minas da Sardenha. Lá ele ficou sofrendo e definhando por três anos, até que Márcia, a concubina cristã do imperador Cômodo, conseguiu que vários irmãos de fé fossem libertados. E assim Calixto escapou da morte.

Ele foi da Sardenha para Roma e acabou sendo secretário de Zeferino, que tornou-se papa. Como Zeferino era famoso por sua pouca inteligência, Calixto foi se tornando cada vez mais importante, de forma que, quando Zeferino morreu, os bispos não tiveram dúvida em escolher seu assistente como o novo papa. E assim Calixto escapou do esquecimento.

Celestino I

Nestório, o patriarca de Constantinopla, está de joelhos. O papa Celestino anda em volta dele, dando passos nervosos. A conversa tem muitas exclamações e algumas interrogações.

— Não, não e não, Nestório! Não vou aceitar esta ideia!

— Mas ela está certa!

— É uma heresia!

— Maria não é a mãe de Deus, é a mãe de Jesus!

— É a mãe de Deus!

— Como Deus pode ser pai de si mesmo? Como uma mulher pode ser mãe de Deus? Como uma pessoa pode ser mãe de algo que nasceu antes dela?

O papa Celestino senta no trono de Pedro e diz, com voz calma e tom de ponto final:

— São os mistérios da fé.

João I

1: SALA REAL — INTERIOR — DIA.

Teodorico, rei da Itália e dos ostrogodos, está sentado em seu trono. O papa João entra na sala, se ajoelha e escuta:

TEODORICO
João, preciso que você vá a Constantinopla.

JOÃO
Nunca houve um papa que tenha ido a Constantinopla.

TEODORICO
Melhor. Você será o primeiro.

JOÃO
O que eu iria fazer lá?

TEODORICO
Preciso que você convença o imperador Justino a parar com a perseguição aos arianos.

JOÃO
Os arianos estão errados.

TEODORICO
Mas pagam impostos em dia.

JOÃO

Estes impostos não chegam até mim.

TEODORICO

Mas chegam até meus soldados, que te protegem.

2: ESTRADA — EXTERIOR — DIA.

João viaja com uma grande comitiva. Ao seu lado na carruagem, em ricas vestes, vão três importantes autoridades eclesiásticas: o bispo Sabino, o bispo Eclásio e o bispo Eusébio. João olha pela janela e comenta:

JOÃO

Quem diria?, viramos carteiros.

3: SALA IMPERIAL — INTERIOR — NOITE.

João, de joelhos, ouve o imperador de Constantinopla.

IMPERADOR

Muito me impressiona que o senhor peça que eu seja condescendente com hereges que não acreditam que Deus e Jesus sejam um só, mas duas pessoas diferentes.

JOÃO

O rei Teodorico me pediu que...

IMPERADOR

Pensei que o senhor só obedecesse a Deus.

JOÃO

Deus se manifesta de maneiras sutis.

IMPERADOR

Eu não.

4: SALA REAL — INTERIOR — DIA.

O imperador Teodorico anda ao redor de João. Então para e põe uma mão em seu ombro direito.

TEODORICO

João, você fracassou. Só lhe pedi uma coisa, e você fracassou. Você foi fraco, João. E sabe o que acontece com os fracos?

JOÃO

São perdoados?

5: CELA — INTERIOR — DIA.

João está amarrado a uma coluna. Um soldado o tortura. A câmera faz uma lenta pan de baixo para cima, mostrando seus pés ensanguentados, seu tronco magro e seu rosto retorcido. Uma legenda explica:

"Papa João foi encarcerado em Rávena, capital do reino ostrogodo, onde sofreu torturas e maus-tratos até morrer, no dia 18 de maio de 526 d.C."

João II

Seu nome verdadeiro era Mercúrio. Como este era o nome de uma divindade pagã, ele resolveu adotar o mesmo nome de um papa anterior.

João II foi o primeiro papa com nome artístico.

Gaio

Nos primeiros séculos, os cristãos quase sempre eram perseguidos pelos imperadores romanos. Isso parou quando elegeram o papa Gaio, que, por coincidência, era sobrinho do imperador Diocleciano.

Deus pode muito, mas um tio imperador pode mais.

Marcelino

Com a morte de Gaio, tudo voltou ao normal, e o imperador Diocleciano emitiu um edito em que sentenciava à morte os cristãos que não abdicassem de sua fé.

Então papa Marcelino entregou os livros sagrados às autoridades romanas, queimou incenso a deuses pagãos e até fez sacrifícios.

Entre o céu e a Terra, Marcelino preferia a segunda.

Sirício

Joviniano chega à casa do papa Sirício. O sol mal acabou de nascer. Faz frio e eles vão para a cozinha.

— Por favor, coloque lenha na fogueira.

— Claro, papa.

— Agora sente-se aqui ao meu lado.

— Claro, papa.

— Você sabe por que pedi que viesse aqui?

— Para conversarmos, eu suponho.

— Sobre o quê?

— Sobre minhas ideias.

— Exatamente.

— Vamos começar falando sobre o jejum — disse o papa enquanto dividia um pão e dava metade a Joviniano. — Você tem dito que o jejum de nada adianta, não é?

— Sim. Não consigo entender como passar fome pode nos deixar mais puros. O que a barriga tem a ver com nosso coração ou com nossa alma?

— E quanto à castidade?

— Também não vejo como isso pode ajudar alguém. Não é natural deitar-se com sua esposa? Na Bíblia não está escrito crescei e multiplicai-vos? Por que os sacerdotes deveriam desobedecer às palavras de Deus?

— Entendo... E você também tem opiniões sobre a virgindade perpétua de Maria, não é?

— Está escrito na Bíblia que Jesus tinha irmãos, e um deles, Tiago, até era um dos doze apóstolos. Uma mulher com tantos filhos não pode ser uma virgem eterna.

— Hum...

— E não acho que essas coisas sejam ruins, papa. Fomos feitos para comer, fornicar e procriar. São nossas obrigações enquanto homens e mulheres.

— Joviniano, suas ideias me obrigam a excomungá-lo.

— Mas papa...

— Na verdade, excomunhão é pouco. Você será exilado para uma ilha, onde suas palavras não chegarão aos ouvidos de ninguém.

— Se esta é a sua ordem, obedecerei.

— Faço isso com pesar, mas não há outro jeito.

— Entendo...

— Então pode ir.

— Ainda está frio. Quer que eu ponha mais lenha na fogueira?

— Não, Joviniano, é isso que não quero.

Anastásio

Foi papa da igreja e pai do papa seguinte. Ou seja, Anastásio foi papa e nono.

Bonifácio I

Eulálio: Eu sou o papa!
Bonifácio: Eu sou o papa!
Eulálio: Eu fui eleito pelos presbíteros que se reuniram na Basílica de Teodora.
Bonifácio: Eu fui eleito pelos presbíteros que se reuniram na Basílica de Latrão.
Eulálio: Já lutamos há quinze semanas e nada de decisão.
Bonifácio: Roma está um caos.
Eulálio: O primeiro sínodo não decidiu nada.
Bonifácio: Nem o segundo decidirá.
Eulálio: Eu sou o papa!
Bonifácio: Eu sou o papa!
Eulálio: Muitos bispos me apoiam.
Bonifácio: Muitos bispos me apoiam.
Eulálio: Eu sou o papa!
Bonifácio: Eu sou o papa!
Eulálio: O prefeito de Roma me apoia.
Bonifácio: O imperador me apoia.
Eulálio: O imperador? Deixe-me beijar seu anel, santidade.
Bonifácio: Você será um bom bispo, Eulálio. Em algum lugar distante.

Leão I

No ano 452, Átila, o rei dos hunos, o flagelo de Deus, invadiu a Itália pelo norte. Sua intenção era descer até o sul, saqueando, pilhando e matando o que encontrasse pela frente, inclusive Roma.

Então o papa decidiu ir até Átila antes que ele fosse até o papa. Os dois se encontram às margens do rio Pó, na altura de Mântua.

Leão I entrou na tenda de Átila esperando ver um gigante de braços musculosos, de modos grosseiros e temperamento rude. Mas vê um homem baixo, de cabeça grande e com uma barba fina, salpicada de fios brancos.

Átila está sentado entre suas mulheres, ouvindo as piadas de seu bufão e vendo os saltos de seu anão mouro. Ele se levanta e dá as boas-vindas ao papa, que se surpreende:

— Não sabia que vossa majestade falava latim.

— E grego. E huno. E gótico. Um rei não pode falar menos de quatro línguas.

— Tinha a impressão de que o senhor seria...

— Um assassino cruel e sanguinário, que come as orelhas de suas vítimas? Criaram esta fama e eu não a desmenti. É útil para intimidar os inimigos.

— Realmente, muitos têm medo de vós.

— Vossa santidade é um deles?

— Quero crer que vossa majestade não vai marchar sobre nossos crânios.

— Por que não?

— Porque trouxe-vos uma boa proposta.

— Já tenho bastante ouro.

— Não vim vos oferecer ouro. Nem moedas, nem tecidos finos, nem pratarias.

— Se queria me deixar curioso, conseguiu.

— Vim vos oferecer o maior de todos os bens. Algo que nem mesmo é deste mundo.

— A Lua?

— Melhor que isso, o céu.

— Não entendi.

— Ofereço-vos um lugar ao lado de Deus por toda a eternidade.

— A Igreja tem este poder?

— É para mandar os homens ao céu que a Igreja existe.

— Basta sua palavra para me garantir esta benção?

— Também vos escreverei um documento e o marcarei com meu sinete.

Átila caminha lentamente pela tenda. Pensa na vida e na morte, na glória das guerras e na paz da eternidade. Então volta-se, aperta a mão do papa e diz:

— Feito. Se vossa santidade estiver dizendo a verdade, nos encontraremos no céu. Se estiver mentindo, nos encontraremos no inferno.

Gelásio

Só 460 anos depois da morte de Cristo é que Gelásio decidiu que a eucaristia seria feita com pão e vinho. Os maniqueus, que achavam o vinho uma bebida impura, protestaram:

— Se for assim, sairemos da Igreja!

Gelásio ficou se perguntando se valeria a pena perder estes bons cristãos por conta desta cisma. Mas a dúvida só durou até o jantar, quando foi à casa de um fiel e este lhe ofereceu um inebriante vinho grego.

Duas garrafas depois, Galásio erguia o cálice e bradava: "Viva o sangue de Cristo!"

Eleutério

— Papa Eleutério, quero muito seguir sua fé, mas ela ainda segue as regras dos judeus, e sou homem que gosta de uma mesa farta. Como vou deixar de comer uma bistequinha de porco bem assada, uma pele pururuca dourada, uma galinha ao molho pardo com aquele gostinho bom de sangue, um lagostim com uma colherada gorda de manteiga de ervas derretendo sobre sua carne branca, uma posta de peixe-espada com pimentões e azeite, um estrogonofe de filé mignon com bastante creme de leite, e, depois de tudo, um queijo daqueles bem fortes, um roquefort ou um blue cheese, com bastante fungo, que fungo é que dá o sabor? Hein, papa, como posso ficar sem comer tudo isso?

Eleutério enxugou a baba que brotava no canto da boca, olhou para o céu, e disse:

— Pois, de agora em diante, os que seguirem nossa crença poderão comer de tudo, que o mal não está no que entra pela boca do homem, mas no que sai. E me veja um pedacinho daquela pururuca, pelo amor de Deus.

Estevão I

Foi o primeiro papa a dizer que as roupas usadas pelos eclesiásticos na Igreja não deveriam ser utilizadas para usos mundanos. Não especificou se a regra se aplicava às capas de livros e CDs.

Dionísio

Dionísio combateu o modalismo, doutrina que dizia que as três pessoas da Trindade eram apenas uma, e o triteísmo, que afirmava que as três pessoas eram três divindades distintas.

Disse Dionísio, em aula de fé e matemática:

— Os três não são três, nem os três são um, mas o um é três.

Gregório I

— Anote aí, secretário: Conforme disse o monge Evágrio do Ponto, oito são os males do corpo: soberba, avareza, inveja, ira, luxúria, gula, preguiça e tristeza.

— Oito, papa?

— Qual o problema?

— É que tudo na igreja é três, sete, dez ou doze.

— Tem razão. Vamos cortar um pecado.

— Eu cortaria a luxúria, que nem é tão pecaminosa, posto que necessária para a multiplicação dos homens.

— Não. Vamos cortar a tristeza.

— Logo este, papa? Não seria bom que a tristeza fosse pecado? Assim todos teriam que ser felizes.

— Você não entende nada de religião, meu jovem.

Teodoro I

Agregou ao nome de “Pontífice” o título de “Soberano”.
Teodoro se adorava.

Bonifácio IV

"Hoje, 13 de maio dos 609 anos do nascimento de Nosso Senhor Jesus Cristo, eu, papa Bonifácio IV, tenho a honra, o prazer e a felicidade de reinaugurar este belo lugar. Antigamente, bem antigamente, aos 27 anos da chegada dEle, o general Agripa construiu aqui um panteão em honra a Júpiter, Vênus e Marte, deuses que jamais existiram, sendo apenas fruto da imaginação e da ignorância. Mas agora este espaço foi transformado numa igreja consagrada à Virgem Maria, que concebeu Jesus sem pecado. Além disso, para glória deste lugar, vinte e oito grupos de ossos de mártires foram aqui enterrados, e eles farão muitos milagres ao povo romano, que agora está livre das crendices e pode abraçar a verdadeira fé."

Agatão

O ano é 680. O papa Agatão está numa igreja, de pé, apoiado numa parede. Ele olha longamente para o altar, onde há a figura de um carneiro. Então chama seu secretário e diz:

— Tive um insight! Vamos mudar nossa logomarca.

— Mas o cordeiro é tão belo e tão inocente. E Jesus é isso, o carneiro sacrificado por Deus para pagar os pecados do homem.

— Um carneiro é muito fofo. Serve mais para anúncios de travesseiro. Meu feeling é que precisamos de algo mais dramático. Algo que tenha dor e sangue.

— Uma pomba sacrificada?

— Não. Precisamos de algo ainda mais terrível. Algo que aumente nosso market share.

— O que mais pode simbolizar Jesus Cristo? Nada.

— Exatamente! Você é um gênio!

— Obrigado pelo elogio, papa, mas não entendo porque eu seria um gênio.

— Porque nada deve simbolizar Jesus. Vamos usar ele mesmo. Himself.

— Uma estátua humana na Igreja? Isso não é de mau gosto?

— Conheço meu target.

— Mas as metáforas têm a vantagem de...

— Nada de metáforas! Anote aí: nosso garoto-propaganda será o próprio Jesus!

— Certo, já anotei. E como ele estará, papa? Distribuindo peixes ou curando doentes?

— Pregado na cruz. Com sangue saindo de suas feridas.
— Meu Deus!
— Exatamente, rapaz, exatamente.

Cónon

Houve um impasse antes da eleição de Cónon. Parte dos eleitores apoiava o arquidiácono Pascoal. Outra parte queria o presbítero Teodoro. O impasse era tão impassoso que tiveram que optar por uma terceira via, e esta terceira via foi Cónon.

Onze meses depois de sua eleição, o papa está prestes a jantar uma sopa de cebolas e um pouco de vinho branco.

Em algumas horas estará morto.

Talvez a sopa tenha sido envenenada pelos partidários de Teodoro, talvez o vinho tenha sido envenenado pelos amigos de Pascoal. Talvez as duas coisas.

O certo é que Cónon não verá o dia nascer.

Aniceto

"Doravante os sacerdotes não podem deixar crescer seus cabelos, para que eles não sejam motivo de vaidade. E não falo isso por ser calvo."

Melquíades

"Doravante não serão mais necessários os jejuns às quintas e aos domingos. E não falo isso por ser gordo."

Gregório II

O secretário chega esbaforido, com um pergaminho nas mãos.

— Papa, papa! O imperador Leão III proibiu a veneração de ícones e imagens religiosas! Por todo o império bizantino vitrais são partidos, estátuas quebradas, quadros rasgados, jogam tinta sobre afrescos e mosaicos são feitos em pedaços.

— Malditos iconoclastas!

— Eles dizem que não podemos desobedecer ao quarto mandamento: "Não farás imagens do que há acima dos céus, nem do que há abaixo da terra."

— Imbecis! Não sabem que daqui a catorze séculos o Museu do Vaticano receberá mais de quatro milhões de visitantes por ano, e cada um pagando 15 euros para entrar, o que dá 60 milhões de euros, quase 150 milhões de reais?

— Tudo isso?

— Tudo isso. Sem falar nos cafés e nas lojinhas.

Estevão II

Não há melhor resumo da vida de um homem do que sua lápide. A de Estevão II bem poderia ser assim:

“Ficou tão emocionado com sua eleição,
e isso lhe trouxe tantas alegrias,
que teve um ataque do coração
e morreu depois de três dias.”

Constantino

Índice do livro *A inconstante vida de Constantino* (ainda não escrito).

Estevão III

Astolfo, rei lombardo, sitiou Roma.

Para pedir a intercessão de Deus, o papa providenciou uma grande procissão. Com os pés descalços e a cabeça coberta de cinzas, ele carregou pelas ruas da cidade uma cruz de onde pendiam os tratados de paz violados por Astolfo.

Infelizmente, Deus não deu atenção aos apelos de Estevão.

Então o papa recorreu a Pepino, rei dos francos, que juntou um grande exército e venceu Astolfo, mostrando que às vezes a espada é mais eficiente que a cruz.

Leão III

Natal do ano 800. A Basílica de São Pedro está lotada. Os bispos usam bicudos chapéus brancos, os nobres vestem roupas de todas as cores e Carlos Magno está com uma capa azul celeste com detalhes em ouro. Ele se ajoelha em frente ao papa e este coloca a coroa imperial sobre sua cabeça. Depois, Leão III entrega-lhe um relicário de vidro com entalhes em ouro e pedras preciosas incrustadas. Ali dentro está o objeto mais valioso da cristandade: o prepúcio de Cristo.

Carlos Magno entregou a relíquia aos cuidados da abadia de Charroux. Seiscentos anos depois ele apareceu na diocese de Chartres, em 1421 esteve nas mãos do rei Enrique V, da Inglaterra, então passou pela Basílica de São João de Latrão, em Roma, pela catedral de Le Puy-en-Velay, pela de Santiago de Compostela, e pelas igrejas de Amberes, Besançon, Metz, Hildesheim e Calcata, na Itália, que ficou com o prepúcio até 1983, quando ele era exibido anualmente numa procissão pelas ruas da cidade. O costume só acabou quando o precioso relicário e o seu divino conteúdo foram roubados desta igreja.

Mas, segundo o teólogo católico Leão Alácio, o prepúcio dado a Carlos Magno seria falso. Em fins do século XVII, Alácio escreveu *De Praeputio Domini Nostri Jesu Christi Diatriba* (*"Discussão sobre o Prepúcio de Nosso Senhor Jesus Cristo"*), em que defendia a ideia de que a santa pele do santo pênis teria subido aos céus ao mesmo tempo em que Jesus, e teria se transformado nos anéis de Saturno.

Gregório IV

“Não, eu não!”, gritava Gregório IV depois de sua eleição, enquanto era levado à força para o trono papal.

João VII

A procissão se arrasta lentamente. Está agora passando pela igreja de São Clemente, perto do Coliseu.

À frente de uma estátua do menino Jesus, o gordo João VII usa sua roupa vermelha e segura uma cruz cravejada de rubis. Seu rosto está contrito, concentrado, como se ele sentisse a dor do sacrifício de Jesus.

Então gotas vermelhas caem aos pés do papa. No começo elas são pequenas, mas vão ficando cada vez maiores, manchando seus brancos sapatos, até que ele tomba.

Os cardeais o acodem. Tiram-lhe as roupas em busca de um ferimento. Só aí descobrem que a recente barriga do papa não é fruto de glutonismo, mas de gravidez. E o sangue não é de ferimento, mas de um aborto. Os cardeais recuam, assustados. Os populares avançam, curiosos.

Quando o povo vê que o papa é uma mulher, a notícia se espalha aos gritos. A multidão arranca as pedras do calçamento e começa a lapidação. Os cardeais fogem. As pedras voam e o sangue já não vem apenas do meio das pernas da papisa. Enormes feridas começam a surgir no corpo de João VII, que nasceu na Alemanha, filha de um religioso que lhe deu uma alta educação.

Ainda jovem, ela se apaixonou por um monge e, para acompanhá-lo ao mosteiro de São Martinho, disfarçou-se de copista, tomando o nome de Johannes Angelicus.

O amor pelo monge durou pouco. Pelos livros e por Deus, para sempre. E assim ela começou a viajar de monastério em monastério, e no ano 848 foi dar aulas em Roma.

Não demorou e tornou-se cardeal e secretária do papa Leão VI. Aos 35 anos, com a morte de Leão, é eleita por unanimidade em virtude de sua notável inteligência.

Mas seu coração é ainda mais forte que seu cérebro, e ela se apaixona pelo embaixador Lamberto, da Saxônia.

É dele o filho que agora é recolhido por almas piedosas e embrulhado num lençol.

O corpo de Joana está disforme, empapado de sangue, e será atirado ao Tibre.

Mas sua lenda será imortalizada numa carta de tarô, a Papisa.

E, por conta dela, doravante os pontífices eleitos terão que sentar-se na *sedia stercoraria*, uma cadeira com um buraco no meio, por onde a masculidade do papa será examinada pela mão de um dos cardeais. E este, depois de verificar as bolas papais, deverá dizer em alto e bom som: *Duos habet et bene pendentes!*

João VIII, Marinho e Adriano III

João morreu envenenado por Marinho, que morreu envenenado por Adriano, que, para quebrar a monotonia, foi apunhalado enquanto dormia por não se sabe quem.

Formoso e Estevão IV

A basílica está cheia. Mas, em vez de fiéis, são cardeais que ocupam seus bancos. À frente deles, sob a cruz, sentado numa cadeira de espaldar alto, está um cadáver putrefato vestido com as roupas de gala do sumo pontífice. É o corpo do papa Formoso.

Ele já estava enterrado há nove meses quando o papa Estevão VI mandou que exumassem seu corpo.

Agora Formoso está sendo julgado.

Um odor nauseabundo se espalha pela sala enquanto Estevão anda em volta do cadáver enumerando suas acusações. A principal é Formoso ter coroado Arnolfo como rei da Itália. Outra é que, sendo bispo da diocese do Porto, deixou-a para ocupar a de Roma. E uma terceira, não dita, é que a família que o apoiava é inimiga da família que apoia Estevão.

O julgamento ficará conhecido como *Synodus Horrenda*.

Estevão pergunta ao cadáver o que ele diz em sua defesa. Como ele continua calado, é declarado culpado.

Então arrancam suas vestes papais e cortam-lhe três dedos da mão direita, os três dedos que dão a bendição papal.

O resto do corpo será atirado no rio.

Antero

O pontificado de Antero foi breve. Ele só teve tempo de ordenar que as relíquias dos mártires fossem guardadas na igreja num lugar chamado *scrinium*.

Quarenta dias depois de eleito, ele é que estava no *scrinium*.

Sérgio III, Anastácio III, Lando, João X, Leão VI, Estevão VIII e João XI

Marózia olha para uma tigela com água. Ela vê um rosto de sessenta anos, com os olhos vermelhos de tanto chorar. Marózia pega a tigela e atira-a contra a parede de sua cela. Ela está num convento, onde foi posta pelo próprio filho há vinte anos.

Enquanto vê a água escorrer, lembra da fonte que havia em sua casa. E de uma festa que aconteceu ao redor desta fonte. Marózia tinha quinze anos. Ela ria ao lado de sua mãe Teodora e de seu pai Teofilato, dois nobres romanos, e de um convidado especial: o papa Sérgio III.

Não era segredo para ninguém que o papa era amante de Teodora. Teofilato, porém, não se importava. Na verdade, até gostava de tal situação, posto que, graças ao empréstimo da esposa, era *Magister Militum, Sacrii Palatii Vestararius* e *Dux Gloriosissimus*, ou seja, comandante do Exército, administrador dos bens do papa e líder dos nobres romanos.

Mas, naquela noite, Sérgio encantou-se por Marózia. Beijou sua mão demoradamente, elogiou sua beleza e convidou-a para uma visita ao Castelo de Santo Ângelo, a fortaleza do papa.

A memória de Marózia pula para o primeiro encontro a sós com Sérgio III. Ela se lembra dele tirando-lhe as roupas com pressa, dizendo-lhe elogios indecentes e inclinando-se sobre ela.

Depois vêm à sua mente outros momentos de amor. Ela e Sérgio deitando-se na grama, no quarto papal, na casa de seus pais, nos fundos de uma igreja.

Lembra-se também de seu casamento com Alberico I, marquês de Camerino e duque de Spoleto. Ela tinha 17 anos e a barriga de gravidez já aparecia sob o vestido branco. Aos seus ouvidos vêm a gargalhada de Alberico e sua frase bem-humorada: "Agora sei como José se sentiu ao saber que seria pai do filho de outro."

Logo depois ela se vê de pernas abertas e gemendo. Uma mulher enfia a mão dentro de suas partes e de lá saem dois meninos.

Lembra-se que o enterro de Sérgio III foi no ano seguinte e que ela não derramou uma lágrima. Não ficaria bem para a mulher mais poderosa de Roma chorar em público.

A seguir vêm as imagens dos papas que ela ajudou a escolher: ela vê Atanásio lavando seus pés numa ceia e Lando cozinhando-lhe um coelho ao molho de sálvia.

Já o papa João X começou obedecendo a Teofilato, a Teodora, a Alberico e a ela, mas, depois de comandar pessoalmente o Exército na batalha da Garigliano, contra os sarracenos, mudou da água para o vinho. O cheiro da morte e o gosto do sangue encheram João de brios e vaidade, e ele decidiu não aceitar mais ordens de ninguém.

Na mesma noite em que Alberico era morto em Orte por homens fiéis ao papa, soldados de João X degolavam Teofilato e Teodora.

Os partidários de João X oferecem o trono a Hugo de Provença, que assim tornou-se o novo imperador do Sacro Império.

Marózia enxugou as lágrimas, refez a maquiagem e, com 32 anos, casou-se com o poderoso Guido de Toscana. Por coincidência, meio-irmão de Hugo de Provenza.

Um ano depois, Marózia e Guido invadem Roma, e João X é preso. Marózia lembra do prazer que sentiu ao vê-lo por entre as grades:

— Você não parece mais tão feroz.

— Já não tenho garras, mas ainda sei rugir.

— Isso não adianta muito.

— Palavras podem doer. Aliás, sabe que eu fui amante de sua mãe?

— Ela teve vários.

— Posso ser seu pai. Na verdade, somos um tanto parecidos nos gostos e nos rostos.

— Em respeito a essas coincidências, deixarei que faça um último pedido.

— Quero viver.

— Este não vale.

— Então ao menos me dê uma morte suave.

— Seja feita sua vontade, assim na terra como na cela. Carcereiro, sufoque-o com uma almofada.

Depois, lembra-se de Leão VI, que foi papa por apenas sete meses, pois foi envenenado por partidários de João X.

Vieram dois anos tranquilos, de poder e foder, até que Guido, não se sabe se por idade ou excesso de volúpia, morreu.

Marózia se lembra de seu enterro, para o qual foi com um vestido de luto em que havia uma cauda de três metros, muito elogiado por seu cunhado, Hugo de Provença.

— Você está belíssima neste vestido negro.

— Obrigada.

— Aposto que fica ainda mais linda sem nenhum vestido.

— Tem razão.

— Mas na verdade gostaria de vê-la num vestido branco.

— É uma proposta de casamento?

— Certamente.

— Há um problema, você é casado.

— Casamentos podem ser anulados. O papa Estevão não vai lhe negar um pedido.

— Você quer se casar comigo porque tinha inveja de seu irmão ou porque este casamento afirma seu reinado na Itália.

— Não se pode unir o agradável ao agradável?

— Pode-se. Aliás, deve-se.

Porém, papa Estevão VIII cismou que não poderia anular o casamento, pois não havia motivo nenhum para isso, ainda mais que Marózia e Guido tinham uma filha.

Estranhamente, Estevão amanheceu morto alguns dias depois, com uma baba verde pingando-lhe do queixo.

O escolhido para ser o novo papa foi João XI, filho de Marózia com Sérgio III. Ele já tinha 21 anos, já podia ser papa.

Como bom filho, ele não disse não à sua mãe, e em 932 ela pôde se casar com Hugo de Provença.

Porém, nem todos os filhos são compreensivos.

Alberico II, o outro filho de Marózia, não se sabe se por complexo de Édipo ou se por desejar o trono de Roma, promoveu uma revolta no dia do casamento da mãe. Prendeu Marózia e o papa, e expulsou Hugo de Provença da cidade.

Alberico proclamou-se patrício, conde, senador e, por fim, príncipe de Roma.

João XI, para fazer as pazes com o irmão, e para continuar vivo, anulou o casamento da mãe. Depois Alberico II fez as pazes com Hugo de Provença, casando-se com sua filha Alda.

Só Marózia não foi perdoada. Ficou vinte anos presa num convento. Saiu de lá apenas duas vezes. Há quinze anos, para ir ao enterro de João XI. Hoje, para ir ao enterro de Alberico II.

Ela lembra do rosto do filho, tão duro, tão firme, tão decidido e tão poderoso, e sente orgulho de ter sido sua mãe.

Agapito II

Alguns dias antes do final do conto anterior, a liteira do imperador Alberico II entra na Basílica de São Pedro. Ela é colocada entre as cadeiras do coro, que estão ocupadas pelos bispos e pelo papa.

Tiram a cobertura da liteira e vê-se Alberico deitado, sem cor, esquelético. Sua voz é rouca mas ressoa, como se viesse de dentro de uma caverna:

— Eu vou morrer. Eu sei que logo vou morrer. E todos aqui também. Inclusive você, Agapito. E é por isso que estou aqui. Quero que, quando Agapito for me encontrar no céu, vocês elejam meu filho Otaviano como papa.

Ouvem-se murmúrios. Eles só terminam quando Alberico volta a sussurrar.

— Eu sei que ele só tem 17 anos. Mas já houve papas tão novos como ele. E, do mesmo jeito que Jesus era filho de Deus e fazia milagres desde criança, Otaviano é meu filho, e desde criança aprendeu a ser generoso com os amigos e cruel com os inimigos. Desde criança aprendeu o poder das moedas e das lanças. Por isso, quero que vocês façam um juramento solene de que ele será eleito papa.

Mais murmúrios, novamente interrompidos pela voz expirante de Alberico.

— Quem jurar agora poderá me contar depois, no céu, como foi a eleição de Otaviano. Quem não jurar irá antes de mim.

Os religiosos olham uns para os outros. Depois, em uníssono, dizem: “Eu juro!”

João XII

João XII, neto de Marózia e filho de Alberico II, tornou-se papa com apenas 17 anos. E partiu para o céu aos 27.

Poderia ter morrido nalguma batalha gloriosa ou envenenado por um rei inimigo. Mas teve um final trivial, quando um marido chegou mais cedo de sua viagem.

— Saia de dentro de minha mulher!

— Não é nada disso que você está pensando — disse Otaviano, nu, pegando suas roupas pelo chão.

— Não estavam trepando?

— Não. Isso era uma bênção. Sou o papa. Meu esperma é como água benta.

— Você é uma espécie de anjo?

— Sim, de certa forma.

— Pois quero vê-lo voar.

Então o marido traído, que era forte como um touro, atirou o papa pela janela.

Silvestre II

O velho Silvestre olha pela janela e vê uma multidão enfurecida, xingando-o de feiticeiro, de estrangeiro e de escravo do demônio.

Ele quase se arrepende de ter aceitado o convite dos monges da abadia de seu povoado para estudar com eles, quando tinha 12 anos.

Quase se arrepende de ter estudado o *trivium* e o *quadrivium*.

Quase se arrepende de ter entrado escondido em uma mesquita e de ler o alcorão.

Quase se arrepende de ter aprendido mecânica e construído relógios, ábacos, um globo terrestre e até um órgão.

Enquanto ele vê uma multidão gritar sob sua janela, chamando-o de bruxo e nigromante, ele quase se arrepende de ter escrito *Sobre o racional e o uso da razão*.

Quase se arrepende de trocar seu nome Gerbert de Aurillac por Silvestre II.

Quase.

João XIV

Um prato de comida está em frente a João XIV. João XIV está numa cela. A cela está no castelo de Santo Ângelo.

Ele não come há uma semana. As baratas que lhe serviram de alimento nos primeiros dias já desapareceram. João tem vontade de encher a mão de comida e jogá-la na boca. Mas ela pode estar envenenada.

O que fazer? Deve confiar na bondade de Bonifácio VII, que, apoiado pelas tropas do imperador Oto, tomou o trono papal? Ou deve desconfiar de seu algoz? Bonifácio irá poupá-lo ou o está torturando?

A fome é imensa. O medo é maior.

Não se sabe se João comeu ou não. O certo é que morreu em frente ao prato de comida.

Gregório VII

Vinte e cinco de janeiro de 1077. Um homem andrajoso esta à porta do Castelo de Canossa.

— Papa Gregório, o imperador Enrique IV está querendo entrar no castelo.

— Ele veio com um exército? — pergunta o papa olhando, com medo, pela janela.

— Não. Está só. Vestindo trapos de lã e a capa dos penitentes.

— O que ele quer?

— A revogação de sua excomunhão.

— Bah!

— Ele diz que o senhor não pode negar atenção a um peregrino.

— Realmente não posso. Mas diga-lhe que espere um pouco.

— Quanto?

— Três dias.

— Está nevando...

— Se ele não quer o fogo do inferno, que espere no frio da neve.

(três dias depois)

Entra o imperador de cabeça baixa. Ele veste a capa dos penitentes, que, depois da chuva, está encharcada. Ele se ajoelha e diz:

— Peço-vos perdão, Vossa Santidade. E também peço que retireis minha excomunhão.

— Estás disposto a aceitar meus decretos?

— Quais decretos, Santidade? Foram tantos...

— *Quod solius pape pedes omnes principes deosculentur.*

— Sim, concordo que todos os príncipes devem beijar os pés do papa.

— *Quod a nemine ipse iudicare debeat.*

— Claro, os papas não devem ser julgados por nada.

— *Quod Romana ecclesia nunquam erravit nec imperpetuum scriptura testante errabit.*

— É óbvio que a Igreja Romana nunca errou e não errará nunca, segundo o testemunho das Escrituras.

— *Quod illi liceat imperatores deponere.*

— Bem... aí temos um problema. Não acho lícito que o papa possa depor os imperadores.

— Por que não? Deus não está acima dos homens?

— Está. Mas o papa não é Deus, é um homem.

— Um homem de Deus.

— Pensei que todos os homens eram de Deus.

— Todos são. Mas alguns são mais que os outros.

— E estes alguns devem mandar naqueles outros?

— É no que acredito.

— Mas eu não.

— Então continuarás excomungado.

(três anos depois)

Henrique invade Roma e depõe Gregório.

João XIX

Dois bispos sustentam uma Bíblia aberta sobre a cabeça do eleito, que está deitado em frente à cruz.

O de barbas longas diz: "Nós aqui reunidos, por Deus e com Cristo, nomeamos o senador Romano di Tuscolo como bispo da Igreja, mesmo que ele jamais tenha sido padre ou monge, mas sim senador e cônsul."

E o sem cabelo completa: "Nós aqui reunidos, por Deus e com Cristo, nomeamos o senador Romano di Tuscolo como bispo da Igreja, mesmo sendo ele totalmente ignorante em matéria de fé, afinal ele nos pagou um bom dinheiro pelo cargo de papa, e não se pode ser papa sem ter sido bispo."

Romano levanta-se, pega a Bíblia, olha para os dois religiosos e diz:

"Chega de gracinhas. Vamos caprichar neste ensaio, que na hora vocês podem falar estas coisas e não fica bem."

Bento IX e Gregório VI

— Você bebeu demais, Bento.

— Deixe de bobagem. Vinho nunca é demais.

— Você já é papa há treze anos e ainda não aprendeu a se comportar.

— Treze anos? Já faz tanto tempo assim? Então quer dizer que já estou com... com... com...

— Trinta e três.

— Nossa, sou um velho...

— Olha aí, derramou o vinho na roupa.

— É um sinal. Um sinal de que devo abandonar tudo.

— Mulheres?

— Mulher. Uma só.

— Uma só? O que houve com você?

— Me apaixonei... Por Deus, como isso foi acontecer?

— Se você quiser, pode abdicar do trono pelo casamento. Eu teria muito gosto em ficar no seu lugar.

— Sério? Quanto você me pagaria por isso?

— Mil libras de ouro.

— Quem diria?, o arcipreste João Graciano quer ser papa.

— Até já escolhi meu nome: Gregório VI.

— Eu gostaria de aceitar sua proposta, mas meu pai me comprou o papado com tanto gosto...

— Mil e quinhentas libras.

— Negócio fechado. Vamos beber! Hoje quero comemor...

— Bento, não vomite nos meus pés!

Urbano II

No dia do discurso de encerramento do concílio, o trono papal é instalado na grande praça de Clermont-Ferrand.

Urbano II e seus cardeais chegam em procissão. O papa senta-se no trono e fica um longo instante em silêncio. Ele olha para os duzentos bispos, para os quatro mil eclesiásticos, para os trinta mil leigos, levanta-se e diz:

"Estamos desonrados, meus filhos e meus irmãos. Os cristãos do Oriente nos mandam mensagens sobre a lamentável situação de Jerusalém e do povo de Deus. Eles contam que a cidade do Rei dos Reis foi obrigada a pagar tributo aos pagãos. Contam que o túmulo milagroso onde a morte não pode manter seu prisioneiro foi derrubado por aqueles que servirão de palha para o fogo eterno.

"As pessoas dignas de glória gemem e caem sob o peso dos abusos e humilhações. A raça dos eleitos sofre terríveis perseguições, e a raça ímpia dos sarracenos não respeita as virgens do Senhor nem os colégios de padres. Atropelam os idosos e roubam os filhos de suas mães.

"A maldade venceu, cobrindo as férteis terras da Ásia de trevas. As cidades de Antioquia, Éfeso e Niceia já foram tomadas pelos muçulmanos. Agora as hordas bárbaras estão olhando para a Europa e ameaçam todas as nações cristãs. Mas o único Deus verdadeiro vai impedir esta marcha colocando armas nas mãos de seus filhos.

"Deixemos que nossas vidas sejam mais fortes que a morte e façamos uma Guerra Santa contra os inimigos do povo cristão. Armai-vos com a flamejante espada da justiça e ide defender a casa de Israel, que é a filha do Senhor dos Exércitos.

"Não queremos apenas vingar as injúrias feitas aos homens, mas principalmente aquelas feitas a Deus. Não se trata de atacar uma cidade ou um castelo, mas de reconquistar a Terra Santa. Se triunfais, as bênçãos dos céus e os reinos da Ásia serão vossa recompensa. Se sucumbirdes, Deus os receberá de braços abertos no reino dos céus.

"Lembrai-vos do que disse o Senhor: 'Quem ama seu pai ou sua mãe mais que a mim não é digno de mim. E todo aquele que abandonar sua casa, seus irmãos, seus pais, seus filhos e suas terras por minha causa receberá cem vezes mais e herdará a vida eterna.'"

O papa faz uma pausa dramática, levanta a cruz o mais alto que pode e diz:

— Este será o símbolo que vai reunir os filhos dispersos de Israel. Levai-o sobre seus ombros e bordai-o em vossos peitos. Que a cruz de Cristo brilhe em vossas armas e bandeiras. Que ela nos lembre que Nosso Senhor morreu por nós e nós morreremos por Ele. Façamos uma Guerra Santa! Sede soldados do Deus dos Exércitos!"

Era o ano de 1095. Estava lançada a primeira cruzada.

Inocêncio II e Anacleto II

Os sinos tocam em duas igrejas romanas no dia 23 de fevereiro de 1130. Em cada uma delas há um homem sendo coroado como papa.

Por oito anos (que é dois vezes dois duas vezes), Deus terá dois representantes na Terra: Anacleto II e Inocêncio II, que, por coincidência, têm dois até no nome.

Adriano IV

Primeiro movimento — Andante com brio

Nove de junho de 1155. Em um campo nos arredores de Sutri encontram-se o papa Adriano IV e o rei alemão Frederico Barbarroxa. É a reunião para selar o pacto entre os dois.

Barbarroxa, porém, esquece de beijar o estribo do papa, que de cima de seu cavalo diz:

— Você não beijou meu estribo.

— Desculpe, Vossa Santidade, sou ruim de protocolo. Mas beijo-lhe agora os pés. Schumac!

— Tarde demais, Frederico. Não vou mais coroá-lo imperador do império romano.

— Mas papa...

— O correto é Vossa Santidade.

— Mas Vossa Santidade...

— Nem mais, nem menos. Protocolos existem para serem seguidos. Não somos selvagens.

— Bem, se é assim, nada posso fazer. Mas é uma pena. Minhas tropas prenderam Abelardo de Brescia e eu pensava em entregá-lo como um presente no dia da coroação.

— Abelardo está em seu poder? Ora, o que é um beijo no estribo? Protocolos são burocracias. Terei muito prazer em coroá-lo, Frederico.

*

Segundo movimento — Andante majestoso

— Bom dia, Abelardo.

— Que honra, o próprio papa veio me ver.

— Queria ter certeza que eras tu.

— Vossa Santidade deve me odiar, não?

— Não. Mas devo dizer que você incomoda um bocado.

— Porque digo que devemos voltar à austeridade dos primeiros cristãos? Porque acho que a Igreja deve renunciar à riqueza e ao poder temporal? Porque acho que os sacramentos administrados por clérigos indignos não são válidos? Ou porque acho que a confissão pode ser feita entre os fiéis, sem necessidade de sacerdote?

— Por tudo isso e pelas revoltas que acontecem nas ruas em seu nome.

— A culpa de uma revolta é de quem se revolta ou de quem provoca a revolta?

— Palavras sinuosas saem de sua garganta. Por isso ela receberá a forca.

— Já esperava por isso.

— Depois seus restos serão queimados na fogueira e suas cinzas serão atiradas no Tibre para que não haja uma tumba de peregrinação e você seja esquecido.

— De quem é a culpa do esquecimento? Do esquecido, de quem esquece ou de quem não deixa que os outros se lembrem?

— Pena que você não usou seus trocadilhos para o teatro ou para a poesia. Teria vida mais longa.

Urbano VI

Singelo conto em forma de haicai rimado que narra os últimos instantes da vida e a pouco honrosa morte do honrado papa Urbano VI.

Urbano ia na procissão,
mas caiu de sua mula,
e bateu a cabeça no chão.

Inocêncio III

O papa passeia pelo seu jardim. Sente o cheiro das flores, passa a mão pelas folhas, prova uma amora colhida do galho. Então senta à sombra de uma árvore e escreve:

"O homem é concebido por meio de sangue estragado e a única companhia de seu cadáver são os vermes e a tumba. Vivo, produz piolhos. Morto, produz moscas. Vivo, produz excrementos e vômito; morto, fedor e podridão. Vivo, engorda somente a si mesmo. Morto, engordará milhares de vermes.

"Olhe para as ervas e as árvores. Elas produzem flores e frutos, e você só produz piolhos. Elas oferecem óleo, vinho e perfumes, você só produz escarro, fezes e urina. Elas exalam perfumes, você só emana o fedor da sua corrupção."

Inocêncio foi o primeiro papa ecologista. Ou o primeiro pessimista.

Celestino IV

Roma, 16 de setembro de 1241: Caro diário, eu e os outros nove cardeais já estamos há vinte dias reunidos e não conseguimos decidir por um candidato. Nenhum de nós consegue dois terços dos votos. E a solução não parece muito próxima.

Roma, 20 de setembro de 1241: Estamos com problemas. O senador Mateo Orsini irritou-se com nossa demora e trancou-nos com chave, ou, como se diz em latim, *cum clave,* aqui no Palácio Setizônio. Disse que só sairemos quando houver uma escolha. O pior é que está fazendo um calor infernal.

Roma, 22 de setembro de 1241: Comida não é um problema, posto que Orsini mandou que fôssemos alimentados três vezes por dia. Mas tudo o que entra tem que sair, de modo que as condições de higiene em nossa sala já não são das melhores. As moscas amontoam-se, as baratas não param de chegar e eu e o cardeal inglês Robert de Somercotes não estamos muito bem.

Roma, 24 de setembro de 1241: Oh, que fedor!

Roma, 26 de setembro de 1241: Robert morreu hoje.

Roma, 29 de setembro de 1241: A morte de Robert nos deixou irados. Estamos decididos a não tomar nenhuma decisão até sermos libertados pelo senador Orsini.

Roma, 15 de outubro de 1241: Nosso grupo está dividido. Alguns acham que devemos eleger qualquer um para sermos soltos logo. Outros teimam em que devemos fazer a eleição com critério. Minha saúde piora. Tenho medo de seguir o caminho de Robert.

Roma, 25 de outubro de 1241: Fui eleito papa. E por unanimidade. Mas sei que fui escolhido apenas porque estou fraco. Os cardeais querem é sair de Roma, e me escolheram porque pensam que não durarei muito tempo.

Roma, 28 de outubro de 1241: Hoje foi o dia de minha coroação. Tivemos uma bela cerimônia. Pena que nenhum dos cardeais estava presente. Todos foram para suas dioceses logo que as portas do Palácio Setizônio se abriram. Tinham medo de que eu morresse e eles tivessem que ficar trancados de novo. Mas viverei mais tempo do que eles pensam.

Roma, 10 de novembro de 1241: Hoje o almoço não me caiu muito bem. Não sei se continha algum veneno ou se estou fraco demais. De qualquer modo, estou me sentindo mal. Acho que vou chamar um médi

Celestino V e Bonifácio VIII

Pequeno conto em dez pequeníssimos capítulos

I

Pietro Angelieri está rezando em sua caverna nas encostas do monte Mailla. Já há mais de cinquenta anos que ele largou o mosteiro beneditino e se tornou eremita. Seu esquálido corpo está mal coberto por trapos e seus cabelos estão desgrenhados.

Então entra pela caverna uma rica comitiva, com homens de capas coloridas, nobres com espadas ornamentadas e cavaleiros de armaduras. Quem lidera o grupo é Benedicto Caetani, que usa a vistosa veste dos cardeais. Ele se ajoelha à frente de Pietro, beija seus imundos pés e diz:

— O senhor foi escolhido para ser o novo papa.

II

Pietro não quer o cargo, mas os apelos são tantos que ele termina por aceitá-lo. Só exige uma coisa: que a sede papal não seja em Roma, mas em Áquila, no reino de Nápoles, local perto de sua caverna.

A comitiva aceita e Pietro escolhe o nome de Celestino V.

Sua entrada em Áquila é triunfal. Ele vem sentado num modesto burrico e o povo, que o tem como santo, o recebe com palmas e urras. A fila de gente percorre quilômetros de estrada. O asno de Celestino V, indiferente à emoção popular, segue em frente pisando a terra empapada pelas lágrimas dos fiéis.

III

Uma sala modesta, decorada com modéstia, é o novo centro da cristandade. Ali Celestino V tenta rezar e meditar, mas passa a maior parte do tempo em conversas com poderosos e assinando papéis. Muitos papéis. O cardeal Benedicto Caetani, especialista em direito canônico, está sempre ao seu lado, ajudando-o com as burocracias. E, entre um papel e outro, entre uma reunião e outra, diz frases como:

"Realmente, este é um trabalho enfadonho";

"Um homem santo como vós não deveria estar perdendo tempo com isso, mas falando com Deus";

"É uma pena que um papa se ocupe mais de poder do que de religião";

"O senhor deve ter saudades de sua caverna em Milla, onde vivia em paz e tranquilidade"; e

"Vossa Santidade sabe que um papa pode renunciar?"

IV

Depois de cinco meses como papa, Celestino V decide voltar à sua caverna. Caetani o ajuda a escrever sua carta de renúncia, que ficou assim:

"Eu, Papa Celestino V, impulsionado pela humildade, pela fraqueza do meu corpo e pela perda da minha paz, livre e voluntariamente decido renunciar ao trono papal, à sua honra e dignidade, aos seus direitos e deveres, e deixo ao Colégio dos

Cardeais a missão de escolher e organizar, de acordo com a lei canônica, um novo pastor para a Igreja Universal."

VI

Num só dia, o conclave deliberou que o cardeal Benedicto Caetani seria o novo papa. Há quem diga que a rapidez da eleição deu-se porque Caetani teria comprado os votos dos outros cardeais. Mas não há provas. O certo é que ele tomou o nome de Bonifácio VIII.

VII

Bonifácio decidiu rapidamente que a sede papal deveria voltar a ser Roma. Mas, temendo que o povo napolitano continuasse a considerar Pietro Angelieri como o verdadeiro papa, resolve levá-lo junto com ele.

VIII

Durante o trajeto, Pietro percebe que será morto tão logo chegue a Roma, afinal é uma ameaça à autoridade de Bonifácio. Então, com a ajuda de alguns fiéis, consegue fugir.

Começa uma grande perseguição. Cada igreja, cada casa e cada caverna da região são vasculhadas. Pietro é encontrado numa carroça, tentando fugir para a Grécia.

Ele é julgado e encarcerado na torre do castelo Fumone, da família Caetani.

IX

Por dez meses, Pietro fica em sua cela, até que morre em 19 de maio de 1296, depois de fazer sua última oração.

Há quem diga que Pietro foi assassinado por ordem de Caetani. Caetani diz que Pietro morreu de morte natural, e que o buraco no crânio do antigo papa deve-se a um antigo abscesso.

X

Bonifácio foi o único papa que usou luto pela morte de seu antecessor. Celebrou uma missa pública para Celestino V e começou o processo de sua canonização.

Suspeita-se que estes atos foram fruto de um grande remorso. Mas não há provas. O certo é que Bonifácio sofreu delírios tão furiosos que roeu os próprios dedos e morreu de tanto bater sua cabeça contra a parede.

Clemente V

O rei da França Felipe, o Belo, e o cardeal Bertrand de Gouth estão sentados frente a frente, jogando cartas.

— Preciso de um ás — diz Felipe.

— Preciso de um valete — diz Bertrand.

— Também preciso que retirem a excomunhão da família real, que a Santa Sé mude para Avignon e que a Ordem dos Templários seja desfeita, pois devo muito dinheiro a eles — diz Felipe.

— E eu preciso dos votos dos bispos franceses, que tão bem obedecem à coroa, para me eleger papa — diz Bertrand.

— Tome seu valete — diz Felipe.

— Tome seu ás — diz Bertrand, que logo será chamado de Clemente V.

João XXI

João XXI nasceu em Portugal com o nome de Pedro Julião.

Grande médico e renomado matemático, escreveu doze livros que espalharam sua fama pelo mundo.

Seu Tratado *Summulæ Logicales* foi o manual de referência sobre lógica aristotélica durante mais de trezentos anos nas universidades europeias. E o *Thesaurus Pauperum* (Tesouro dos Pobres), em que trata de várias doenças e suas curas, foi traduzido para doze línguas.

O papa era homem simples e honesto, recebendo tanto os pobres quanto os ricos em audiência.

Seus contemporâneos o chamavam de "egrégio varão de letras", "grande filósofo", "clérigo universal" e "completo cientista físico e naturalista".

E como os céus pagaram suas tantas qualidades e suas infinitas bondades?

Ele lia a Bíblia em seu quarto no palácio, que estava em reforma, quando as paredes desmoronaram sobre ele.

Os caminhos de Deus são inescrutáveis. E seu humor negro, também.

Pio II

— Estamos aqui mais uma vez com Papiros e Pergaminhos, o seu programa de literatura que fala com os maiores autores de todos os tempos. Hoje entrevistaremos um escritor muito especial: Enea Silvio Piccolomini, também conhecido como papa Pio II. Aliás, devo chamá-lo de Enea ou de Pio?

— Já que estou aqui como escritor, pode me chamar de Enea.

— Enea, você começou a escrever cedo?

— Desde jovem eu fazia poesias.

— E as leituras?

— Aos dezoito anos fui estudar direito em Siena. Nesta época aproveitei para ler os clássicos gregos e latinos.

— O senhor trabalhou como advogado, não é?

— Sim, por muito tempo. Todo mundo tem seus pecados.

— E quando a religião entrou na sua vida?

— Só depois dos quarenta anos.

— Então deu tempo de ter umas aventuras amorosas...

— Conheci muitas mulheres. Mas logo que as conseguia, elas me causavam um certo fastio. Aliás, esta frase está nas minhas memórias.

— Então vamos falar delas. O livro se chama...

— *Comentários*.

— Acho que é a primeira vez que um papa faz sua autobiografia, não é?

— Com certeza. E creio que será a única.

— Mas antes o senhor já havia feito um livro sobre política, não é?

— Isso mesmo. *A Europa de meu tempo* é um livro em que faço diagnósticos e previsões sobre a política europeia.

— Mas o seu grande sucesso foi com a literatura pornográfica.

— Pornográfica, não. Erótica.

— Como se chama o livro?

— *Historia de duobos amantibus.* Ou, na língua do povo, *História de dois amantes.*

— Você pode nos contar o enredo, Enea?

— Com prazer. O livro conta o amor proibido entre Eurálio, um alto oficial do imperador Segismundo, e Lucrécia, uma mulher casada.

— É autobiográfico?

— Toda ficção tem um pouco de autobiografia. E toda autobiografia tem um pouco de ficção.

— O senhor poderia nos ler um trecho?

— Com prazer. Lerei o parágrafo em que Eurálio escala um muro para chegar até Lucrécia: "Quando ela viu seu amante, segurou-o firmemente entre seus braços. Entre beijos e abraços lânguidos e descontrolados, deixaram-se levar por seu desejo e se fartaram de Vênus, agora com Ceres e depois refrescaram-se com Baco."

— Vênus, Ceres e Baco. Ou seja, fornicaram, comeram e beberam. Muito bom. A obra já foi impressa?

— Só copiada a mão. Afinal, a imprensa só foi inventada há uns dez anos. Mas mesmo assim o livro faz um grande sucesso. Já há mais de cem cópias manuscritas por aí.

— Olha, Enea, segundo avisam aqui pelo meu ponto eletrônico, o seu livro vai ser editado em 1488, 23 anos depois da sua morte.

— Puxa, que bom!

— E antes do ano 1500 já terá mais de 35 edições.

— Graças a Deus!

Clemente VII

O papa está no subsolo de uma igreja em Lirey, França. Ao seu lado está Pierre D'Arcis, bispo de Troyes. Os dois carregam archotes para afastar as trevas. Pierre, que conhece o caminho, vai à frente, andando pelas catacumbas com desenvoltura. Quando chega numa estante escavada na pedra, coloca seu archote num suporte da parede. Na estante há uma caixa de prata. Pierre abre-a com uma chave de ouro. A caixa, forrada de veludo carmesim, guarda um pedaço de linho. Cuidadosamente, Pierre desdobra o pano, que mostra a figura de um homem, em frente e verso, como se ele tivesse sido embrulhado pelo linho e deixado nele sua figura. Mais ou menos como um carimbo que, em vez de tinta, usasse sangue.

O papa toca no tecido com delicadeza e diz:

— Incrível!

— Muito bom, não é?

— Quando você me escreveu, não pensei que fosse tão perfeito.

— As pessoas o chamam de Santo Sudário. Apareceu pela primeira vez há uns trinta anos, quando a viúva de Geoffroy de Charny, um templário, o exibiu aqui na igreja.

— O povo gostou?

— Muito. Uma multidão vinha de longe todos os dias para ver o pano. Mas logo percebemos que era uma fraude e o escondemos.

— Sei...

— Como lhe disse na carta, fizemos uma investigação e descobrimos que o desenho foi feito por um pintor talentoso.

— Sei, sei...

— Vossa Santidade está com um ar estranho.

— Pierre, você já pensou que este pano pode mesmo ter embalado o corpo de Jesus e sobrevivido por mil e trezentos anos? Já pensou que ele pode ser exposto aqui e trazer milhares de fiéis? Já pensou que podemos vender indulgências aos peregrinos que vierem ver o sudário?

— Mas, papa, o sudário é uma fraude. O próprio artista me confessou o crime.

— Se este homem é capaz de falsificar uma imagem sagrada, também é capaz de mentir numa confissão. Assim sendo, o sudário bem pode ser verdadeiro.

— Eu nunca havia pensado dessa forma. É um raciocínio muito... sutil.

— Obrigado, Pierre, obrigado. Agora abra bem o pano que quero ver Cristo mais uma vez.

Paulo II

Que maravilha, que maravilha! É realmente o maior espetáculo da Terra! Viva o carnaval de Roma! Que invenção maravilhosa do papa Paulo II. Aliás, é ele o tema deste ano da Unidos do Vaticano, que entra agora na avenida.

A comissão de frente está impressionante! Cada um dos seus integrantes carrega um imenso espelho oval, refletindo o povo e assim colocando todo o público dentro da escola. Que sacada! Porém, o verdadeiro significado do espelho é que ele mostra a vaidade do papa, que se acha muito belo, tanto que quis utilizar o nome Formoso II. Felizmente os cardeais o convenceram de que o nome seria muito criticado, e assim ele se tornou Paulo II.

Logo atrás da comissão de frente vem o carro abre-alas. Que beleza! É uma imensa escultura da Pietá. A explicação para esta alegoria é simples: é que um dos apelidos do papa é Maria Pietíssima, por conta da sua inclinação de romper em lágrimas durante as crises de nervos. Seguindo este tema, os foliões que estão dançando em volta da Pietá usam fantasias de lágrimas. Elas são feitas em tule transparente e têm pingentes gigantes de vidro caindo de suas cabeças. Uma maravilha!

Vejam agora o mestre-sala e o porta-bandeira. Que graça, que estilo, que rodopios! E eu não falei errado, não. É "o" porta-bandeira mesmo. Paulo II fez questão de que os dois fossem homens. Certamente uma quebra de paradigma neste carnaval.

A ala das venezianas também está divina. Todas usam enormes saias rodadas que formam uma bonita coreografia quando giram. Também vale a pena prestar atenção nas máscaras das venezianas, todas com o rosto do papa. Talvez porque o papa tenha nascido em Veneza, talvez porque ele adore vestidos.

Falando em vestimentas luxuosas, é isso que temos na ala seguinte, chamada de "Esplendor e glória no reino encantado do guarda-roupa, ô, ô". Ela é toda formada por peças do próprio papa Paulo II, famoso por seu gosto em usar vestes suntuosas e caríssimas. Nesta ala temos muito strass, muita purpurina, muito glitter e um monte de pedras preciosas, porque uma coisa que o papa não faz em matéria de roupa é economia. Um luxo! Certamente a Unidos do Vaticano vai tirar nota alta no quesito alegoria e adereços.

Logo depois vem a bateria, toda fantasiada com as roupas vermelhas dos cardeais, que passaram a se vestir com esta cor por ordem de Paulo II.

Na sequência temos a ala dos sobrinhos, formada apenas por anões. O mote desta ala é comentar o fato de Paulo II ser sobrinho do papa Eugenio IV, que por sua vez era sobrinho do papa Gregório XII. Nada como um bom titio para se chegar a papa, é ou não é?

Opa, mas agora vem uma das alas mais esperadas, a ala das coleções. E ela vem com três fantasias diferentes: temos homens com o corpo todo pintado de branco, homens pintados de dourado e homens nus. É que o papa tem a fama de colecionar estátuas, joias e belos rapazes. Realmente, uma ala muito criativa.

E eis que chega o principal carro alegórico! É um imenso arco-íris, brilhando em todas as suas cores, e embaixo dele está ninguém mais, ninguém menos, que o próprio papa Paulo II! A multidão grita em júbilo. Paulo joga confete para todos os lados. É uma festa! Eis aí um pontífice que conquistou o povo.

Pena que ele morrerá em breve, no dia 26 de julho de 1471. Mas fazer o quê? Todo desfile chega ao fim, é ou não é? A versão oficial vai dizer que ele teve uma indigestão por comer muitos melões, mas haverá a versão de que morreu de enfarte enquanto era sodomizado por um pajem. Mas nada disso importa. O que conta é que, durante o seu papado, Roma e a Igreja foram felizes como nunca. Dez, nota dez para Paulo II! E viva o carnaval!

Leão X

O gordo papa está lendo as 95 teses que Martinho Lutero pregou na porta da igreja do Castelo de Wittenberg. Quando acaba de ler a última, joga os papéis de lado e diz: "Foi um alemão bêbado que escreveu isso. Não vai dar em nada."

Inocêncio VIII

Inocêncio não consegue nem sentar-se na cama. Está à beira da morte.

Mas ele não quer ir para o paraíso eterno. Tem sede de viver. Por isso há três meninos de dez anos na cama ao seu lado.

Tubos levam o sangue dos inocentes para o corpo de Inocêncio. O papa acredita que o sangue dos petizes pode trazer de volta sua saúde. Talvez até sua juventude.

Seu plano não dará certo. Não ficará mais jovem nem mais saudável. Ele e os três meninos morrerão em poucas horas.

O papa sonhou transformar-se em vampiro, mas fracassou.

Alexandre VI

Em meio a nuvens fofas e anjos que tocam harpas, Alexandre VI se aproxima de um portão dourado. Ali está Pedro com um grande livro nas mãos. Alexandre pergunta:

— Posso entrar?

— Seu nome de batismo?

— Roderic Llançol i Borja. Rodrigo Bórgia, na versão italiana.

— Deixe-me ver, deixe-me ver... Achei! Ops, parece que temos um probleminha. Você tem muitos pecados, não?

— Tenho alguns. Por exemplo, só subi na carreira eclesiástica graças a meu tio, o papa Calixto III.

— Algo mais?

— Quando eu tinha 39 anos, tomei Giovanna Cattanei por mulher. E ela já era casada.

— Hum... nada bom para um clérigo. Filhos?

— Sete, que eu saiba.

— Perdeu mais uns pontos. O "crescei e multiplicai-vos" não vale para os sacerdotes católicos.

— Também comprei os votos dos cardeais para me tornar papa.

— Isso era comum, mas mesmo assim, errado.

— Depois da eleição, transformei Giulia Farnese, mulher de Orsino Orsini, em minha amante.

— Estou anotando...

— Nomeei vários cardeais só para manter meu controle sobre o colégio eleitoral. E muitos deles não sabiam nada de religião, só foram nomeados por serem meus parentes.

— Por exemplo...

— Meu filho César, que tinha apenas 16 anos, meus sobrinhos Francisco Bórgia e Juan Bórgia, os meus sobrinhos-netos Juan de Borja, Pedro Luis de Borja e Francisco de Borgia, e o cunhado do meu filho César, Amanieu d'Albret.

— Tsc, tsc...

— Apoiei a expulsão dos judeus da Espanha porque muitos dos seus bens viriam para a Igreja. E depois permiti que eles fossem para Roma.

— Finalmente uma coisa boa.

— Mas cobrei-lhes um imposto anual por sua permanência. Ou seja, ganhei duas vezes com os judeus.

— Assim fica difícil...

— Também recebi o príncipe Diem, de Constantinopla, que corria perigo em sua terra natal. Seu irmão me pagava quarenta mil ducados por ano para que eu o mantivesse protegido. Mas este mesmo irmão, a fim de garantir seu direito de sucessão, pagou-me quatrocentos mil para matá-lo.

— Triste...

— E ainda cobrei os gastos funerários.

— Vamos aos finalmentes: como você morreu?

— Envenenaram meu vinho durante um banquete. Bem que me diziam que bebida faz mal. Posso entrar agora?

Pedro olha para o livro e pensa.

— Olha, você pecou um bocado...

— Mas fui papa. Lutei pela Igreja, pelo crescimento do seu poder.

— É, tem esse lado... — diz Pedro coçando a cabeça.

Bem, leitor, para ajudar o porteiro do céu neste dilema, você é quem vai escolher o caminho de Alexandre. Ele vai para o céu, para o inferno ou para lugar nenhum?

Céu

Alexandre entra, mas logo se aborrece. Além de não gostar da música das harpas e de achar o gosto da ambrosia meio enjoativo, a conversa dos outros celestiais lhe parece muito aborrecida. Sem falar que é muito fácil ganhar no pôquer, já que ninguém blefa. E assim Alexandre VI fica infeliz por toda a eternidade.

Inferno

Apesar do calor, Alexandre está feliz. Reencontrou grandes amigos e, quando não estão sendo açoitados ou tomando banho de lava ardente, passam horas contando causos do passado.

Lugar nenhum

Não há nem céu nem inferno. Nem prêmio, nem punição. Alexandre é comido pelos vermes e só o que resta são as histórias sobre ele. E isso não lhe faz a menor diferença.

Júlio II

Júlio II e Michelângelo andam pela Capela Sistina. Seus passos ecoam lentamente. Só os dois estão ali, na sala mais bela do mundo.

O papa olha para cima e, com a cabeça voltada para o teto, comenta:

— Falam muito mal de mim pelas ruas. Dizem que eu tenho vários filhos, dizem que eu comandei pessoalmente meu exército na batalha de Mirandola, dizem que envenenei o papa Pio III, dizem que vendi indulgências, dizem que convidei os franceses a invadirem a Itália a fim de derrubar o papa Alexandre VI e dizem que eu sou um general que usa roupas de papa. Mas, no futuro, todas estas palavras serão esquecidas e só dirão que eu mandei você pintar esta maravilha. Que cores, que formas! Por sua causa eu irei para o céu da memória, meu amigo.

Júlio III

— Ele já devia estar aqui.

— Deve estar chegando.

— Será que aconteceu alguma coisa?

— Não, claro que não.

— Mas fico preocupado.

— Sem necessidade.

— Não posso evitar.

— É compreensível.

— A cada segundo que espero, envelheço um ano.

— Ele deve estar por perto.

— Já lhe contei como o conheci?

— Nunca.

— Ele era um mendigo. Tinha uns 13 anos e pedia esmolas pelas ruas de Parma. Na hora em que o vi, decidi ficar com ele para sempre. Levei-o para casa, troquei sua roupa, dei-lhe banho, o alimentei, fiz de tudo para ele.

— É uma história comovente.

— Hoje ele tem 17 anos. E está mais belo do que nunca.

— Imagino.

— Olhe ali, em cima da cama, a roupa de cardeal que mandei fazer para ele. Não é linda?

— Linda.

— Sabe?, ele é muito esperto. Já está quase aprendendo a ler.

— Impressionante.

— Não aguento mais ficar olhando desta janela. Cada pessoa que aparece num cavalo, penso que é ele.

— É questão de tempo.

— Mas eu me preocupo. Estas estradas andam tão perigosas...

— Tenho certeza que ele está bem acompanhado.

— O que você quer dizer com isso?

— Nada, nada...

— Ainda bem... Sabe qual o nome dele?

— Não.

— Innocenzo.

— Um belíssimo nome, Santo Padre.

Pio V

— Estas figuras nuas são um escândalo! A Capela Sistina é um lugar de adoração a Deus, não um lugar de pênis e vulvas. O que Michelângelo fez é pura pornografia. Pintem já uns panos sobre estas vergonhas!

Paulo III

Ah, aí estão os meus netos favoritos! Quantos anos você tem, Guido? Dezesseis! Já? E você, Alejandro? Catorze? Que idade linda! Quando sua barba crescer e cobrir estas espinhas, vai parecer um homem-feito. Sim, é claro que eu trouxe um presente. Vocês sabem que eu nunca esqueço. Olhem aqui neste baú. Não são bárbaras? Sim, uma para cada um. Espero que não fiquem grandes demais. Dei as medidas de memória ao meu alfaite. Sim, são de veludo. Olhem só este tom de vermelho. Gostaram dos rubis nos punhos? Não, é claro que as roupas não são para brincar. Vocês serão cardeais de verdade. Na semana que vem. Faremos uma festa maravilhosa. Ah, eu sabia que vocês iam gostar. Parem, parem de pular em cima de mim!

Paulo IV

— É realmente impressionante! A multidão enfurecida está tentando derrubar a estátua do papa. E olhe que foi o povo quem mandou erigir a estátua quando o papa diminuiu os impostos. Vamos ouvir agora um dos manifestantes: Por que a senhora está tentando derrubar a estátua de Paulo IV?

— Porque, para ele, todo mundo era herege. Qualquer um podia ir parar na Inquisição. E uns sumiam para sempre.

— E o senhor, que está segurando o braço da estátua, por que tanta raiva do papa?

— Eu era livreiro e ele dificultou muito a minha vida. Primeiro fez o *Index Librorum Prohibitorum*, censurando um monte de livros. Depois impediu 61 livreiros, eu entre eles, de trabalhar. E olha que eu tinha editado *Os exercícios espirituais de Santo Inácio de Loyola*. Poxa, até Loyola foi censurado! Agora me desculpe, que eu tenho que voltar para lá. Tchau!

— Pronto, ele já voltou para a turba. E olhem lá, a estátua caiu! Quem diria que no dia seguinte à morte de Paulo IV, a multidão buscaria vingança. Opa! Agora os manifestantes se dirigem para outro lugar. Nossa reportagem vai com eles! É com vocês aí do estúdio.

***

— Como vocês podem ver, o fogo está tomando conta do Palácio da Inquisição. E o povo libertou todos os réus que estavam presos. Roma está um caos, um caos. Paulo IV era realmente muito odiado. Vamos ver agora um VT do papa para entender um pouco melhor este ódio:

— A Inquisição não está em condições de usar de delicadeza. Ela é a minha menina dos olhos, a preferida do meu coração. Se meu pai fosse um herético, eu mesmo iria apanhar lenha para queimá-lo.

— Durão, não? E quem está aqui ao meu lado é o embaixador veneziano, que conheceu bem o papa Paulo IV. Embaixador, o que o senhor pensa sobre o finado sumo pontífice?

— A violência do papa era sempre grande, mas, quando se tratava da Inquisição, era realmente indizível. No dia da semana fixado por ele para a reunião da comissão, a quinta-feira, não havia nada no mundo que o impedisse de realizá-la. Lembro que, no dia em que os espanhóis se apoderaram de Anagni, quando toda a Roma corria para pegar em armas, temendo pela sua vida e pelos seus bens, Paulo IV foi presidir o Santo Ofício e tratou com toda a impassibilidade os assuntos da ordem do dia, como se os inimigos não estivessem às portas da cidade.

— Com licença, embaixador, mas a multidão está se dirigindo para o convento dominicano. Nossa reportagem já está no local.

***

— Não vai sobrar nada! O povo está saqueando o convento sem dó. A guarda suíça nem apareceu por aqui. Provavelmente este ataque acontece porque a Inquisição em Roma estava sendo dirigida por um dominicano. E na nossa central estamos recebendo um personagem ilustre, que pode dar um depoimento importante sobre o papa. É com vocês.

***

— Aqui ao nosso lado temos o cardeal Morone, conhecido por ser um célebre diplomata, por ter sido bispo de Módena e presidente do Concílio de Trento. Cardeal, como foi sua convivência com o papa Paulo IV?

— Olha, não foi muito boa. E eu não fiz nada de mais. Só disse que a violência, em matéria religiosa, nunca deu bons frutos. E por causa disso fui encarcerado no castelo de Santo Angelo por dois anos. Então houve um julgamento e fui inocentado. Mas eu disse que só sairia da prisão se o papa reconhecesse que tinha errado. Como ele não fez isso, só ontem, com a morte dele, saí da cadeia.

— Que história triste, que história triste... Opa, um momento! Estamos recebendo um chamado urgente da nossa reportagem, diretamente das ruas de Roma. Vamos a ela!

***

— Agora a multidão está carregando a estátua do papa para o Tibre. Acho que vão jogá-la no rio. Vamos ver aqui com um dos manifestantes se é isso mesmo. Por favor, a senhora vai jogar a estátua do papa no rio?

— Faço questão! Nós judeus não gostamos nada desse papa. Ele obrigou que morássemos num gueto e fez nosso povo usar uns chapéus amarelos em forma de cone para que todos soubessem que éramos judeus. Imagine se a moda pega.

— Atenção, atenção! O povo acaba de jogar a estátua nas águas do rio Tibre. É o fim da história do papa Paulo IV... Fiquem agora com a previsão do tempo.

Gregório XIII

Os sinos da Basílica de São Pedro tocam, chamando os fiéis. O papa Gregório XIII está tão feliz que mandou rezar um *Te Deum*. É que ele acabou de saber como foi a Noite de São Bartolomeu.

Tudo começou em Paris. Por ordem da família real francesa, dezenas de líderes huguenotes foram assassinados naquela noite. Era o sinal para o começo do massacre. Logo seriam organizados assassinatos em massa em Toulouse, Bordeaux, Lyon, Bourges, Rouen e Orléans. Alguns dizem que morreram cem mil pessoas. Outros falam que foram apenas e tão somente trinta mil.

O certo é que o papa ficou contente. Aliás, enquanto ele ouve os sinos, pensa que uma missa de ação de graças é muito pouca coisa para demonstrar sua alegria, e decide mandar cunhar uma medalha comemorativa. De um lado, a medalha terá seu rosto. Do outro, um anjo com uma espada desembainhada matando huguenotes.

Clemente VIII

O papa segura uma xícara de café enquanto amarram Giordano Bruno numa estaca e colocam lenha aos seus pés.

Clemente simplesmente adora café. Por ser considerada maometana, a bebida era proibida em toda a Europa. Diziam que era coisa do diabo. Mas, depois que o papa provou um tanto, liberou-a para todos os católicos.

Clemente dá um largo gole e olha Giordano Bruno queimando na fogueira.

O ex-monge dominicano foi acusado de duvidar da Santíssima Trindade, de rechaçar as imagens de santos, de acreditar num universo infinito, de dizer que o Sol era uma estrela, de afirmar que haveria vida em outros mundos e que nestes outros mundos haveria outros Jesuses e outros papas.

A ideia da existência de outros papas irritou tanto a Clemente que ele participou pessoalmente da fase final do julgamento.

Giordano Bruno virou um monte de cinzas. Clemente deixa sua xícara de lado e diz com tristeza:

— Esfriou.

Paulo V

<u>Peça em um ato com dois atores durando três minutos.</u>

É noite. O papa e Galileu Galilei andam pelo jardim. O fundo do cenário está totalmente negro. Galileu Galilei carrega uma luneta.

Paulo V: Esta luneta realmente foi uma grande invenção.
Galileu: Obrigado.
Paulo V: Não agradeça. Não foi você quem inventou o telescópio.
Galileu: Não inventei, mas inventei que inventei.
Paulo V: E muitos acreditaram.
Galileu: Não se pode negar que melhorei o aparelho.
Paulo V: Até demais.
Galileu: Como assim?
Paulo V: Agora vemos que os anjos não voam entre as nuvens.
Galileu: Mas enxergamos as montanhas da Lua e os satélites de Júpiter.
Paulo V: Não sei se saímos ganhando com esta troca.
Galileu: Sempre é bom enxergar mais longe.
Paulo V: Será que se deve acreditar sempre nos olhos?
Galileu: Piamente.
Paulo V: Só acredito piamente em meus olhos quando leio a Bíblia.

Os dois dão alguns passos em silêncio.

Paulo V: Posso?

Paulo V aponta para a luneta. Galileu a empresta ao papa. Quando este começa a olhar pelo aparelho, o fundo do cenário fica iluminado de estrelas.

Paulo V: Não me canso de olhar para o céu.
Galileu: Nem eu.
Paulo V: O que você quer ver? Deus?
Galileu: Não. Para isso há a fé.
Paulo V: Como são lindas as estrelas!
Galileu: Cada uma é um sol.
Paulo V: Como o nosso? Então pode haver vários mundos, como dizia o queimado vivo?
Galileu: Por que não?
Paulo V: Ah, meu amigo, suas ideias podem ser mais perigosas que as de Calvino e Lutero.
Galileu: Papa, a ciência não nega a existência de Deus. Pelo contrário. Quando considero quantas e quão maravilhosas coisas o homem compreende, pesquisa e consegue realizar, então reconheço claramente que o espírito humano é uma obra de Deus. E a mais notável.

Paulo V olha para outra parte do céu e as estrelas no fundo do palco se movem.

Paulo V: Mas você procura respostas. Sua necessidade de respostas vem da dúvida. E quem crê não duvida.
Galileu: Minha necessidade de respostas vem da minha ignorância.
Paulo V: A religião tem as respostas.
Galileu: Também pode-se chegar a elas pela razão.
Paulo V: Nem sempre dois caminhos levam ao mesmo lugar.
Galileu: Nem sempre se quer ir ao mesmo lugar.

Paulo V: Se a razão vai contra a fé, fiquemos com a fé.
Galileu: Mesmo que suas respostas sejam absurdas?
Paulo V: Lembra-se da frase de Tertuliano: *Credo quia absurdum*?
Galileu: Claro.
Paulo V: Pois então, cremos porque é absurdo. Se não for absurdo, não creremos.
Galileu: Mas se formos racionais, saberemos.
Paulo V: Será que o saber traz mais felicidade que o crer?
Galileu: Quero crer que sim.
Paulo V: Pois eu sei que não.
Galileu: Sabe como?
Paulo V: Já viu uma beata rezando? Já viu uma criança numa aula? A criança mal aguenta ficar sentada e não vê a hora de fugir dos mapas e das lições. Mas a beata tem o olhar embevecido e poderia ficar dias rezando de joelhos.
Galileu: Talvez a fé nem sempre seja boa. Alguns papas não foram exemplares.
Paulo V: Isso não prova nada. Muitos cientistas também foram maus exemplos.
Galileu: Faltou-lhes uma boa criação religiosa. Sua Santidade sabe que sou um cristão devotado.
Paulo V: Sei. Mas estas suas teorias...
Galileu: Que teorias?
Paulo V: Estas que dizem que a Terra se move em volta do Sol.
Galileu: A teoria não é minha. Copérnico e Giordano Bruno já haviam dito isso. O que fiz foi comprová-la matematicamente.

Paulo para de olhar pela luneta. O fundo do palco volta a ficar negro.

Paulo V: Lá vem você de novo... Ora, meu caro, eu vejo que é o Sol que se move. Ele nasce de um lado do céu e morre do outro.

Galileu coloca-se atrás do papa e segura seu rosto.

Galileu: Por favor, olhe para aquela árvore.

Galileu gira lentamente a cabeça do papa de um lado para o outro.

Galileu: Viu? Ela estava do seu lado direito mas foi para o esquerdo. E não se mexeu.
Paulo V: Mas como pode ser a Terra que gira em volta do Sol? Ora, os coadjuvantes é que giram em torno do principal, e a Terra é o principal, pois aqui vive o homem, que foi feito à imagem e semelhança de Deus.
Galileu: Talvez não sejamos tão importantes assim.
Paulo V: Até o grande Aristóteles dizia que a Terra era o centro do Universo.
Galileu: Até os grandes homens erram.

Paulo, sorrindo com certo deboche, começa a girar pelo palco como se estivesse tonto.

Paulo V: Tem razão, ele estava errado. Por isso é que estou ficando tonto. Socorro, estou caindo, a Terra não para de girar.
Galileu: Este talvez seja o erro da Igreja. Ela pensa que o mundo nunca se move. Mas ele se move. Mesmo que não se queira.

Paulo V estanca e está irado.

Paulo V: Isso é uma metáfora?
Galileu: Uma verdade matemática.
Paulo V: Ora, a matemática...
Galileu: A matemática é o alfabeto com que Deus escreveu o Universo.

Paulo V: Conheço o alfabeto com o qual ele escreveu a Bíblia, e a Bíblia diz que o Sol parou sobre Gibeão. Como o Sol pode parar se não andar em volta da Terra?
Galileu: Talvez ainda não saibamos ler as sutilezas da Bíblia.
Paulo V: Mas é uma verdade universal! Todos, do padeiro ao filósofo, do maior rei ao menor escudeiro, acham que a Terra está parada.
Galileu: A verdade não resulta do número dos que nela creem.
Paulo V: Cristóvão Clávio é o astrônomo do Vaticano e uma grande autoridade. Ele diz que tuas descobertas são ilusões de ótica provocadas pelas lentes.
Galileu: A verdade é filha do tempo, não da autoridade.
Paulo V: Parece que temos duas verdades, a da cruz e a da luneta.
Galileu: Duas verdades não podem se contradizer.
Paulo V: Exatamente. Por isso seus livros irão para o *Index*.
Galileu: Serei proibido?
Paulo V: Sim.
Galileu: Não posso acreditar que o mesmo Deus que me deu sentidos, razão e intelecto queira que eu não os utilize.
Paulo V: E não é só isso.
Galileu: O que mais?
Paulo V: Você terá que assinar uma confissão dizendo que a Terra é o centro de tudo.
Galileu: Quem não sabe a verdade é simplesmente um tolo. Mas quem a sabe e diz que ela é mentira, esse é mesmo um criminoso!
Paulo V: O que é melhor, ser um criminoso em liberdade ou um inocente na cadeia?
Galileu (depois de uma longa pausa): Um inocente em liberdade.
Paulo V: Não lhe dei esta opção.
Galileu: O que devo falar para continuar livre?
Paulo V: Que a última palavra não é da ciência, mas da fé.
Galileu: Por que eu diria isso?

Paulo V: Porque é um homem que acredita no que dizem os instrumentos, e não há instrumentos mais eloquentes que os da Inquisição. Já viu o esmagador de joelhos, o tubo de crocodilo, a gota tártara, o trono de espinhos ou o funil de ratos?

O papa devolve a luneta para Galileu, que senta-se numa pedra e fica em silêncio. Paulo V põe a mão sobre seus ombros.

Paulo V: Galileu, às vezes o caminho entre dois pontos pode ser uma curva.
Galileu: Entendo... Direi o que me for mandado. Vou abjurar.
Paulo V: Ótimo! Vou pegar uma garrafa de vinho para comemorarmos.

O papa sai de cena. Galileu olha para o chão por algum tempo. Voltam as estrelas lentamente, todas elas. Ele olha para o alto.

Galileu: Mas que a Terra se move, se move.

Apagam-se as luzes e fecham-se as cortinas.

Inocêncio X

Ele olha para seu retrato, que acaba de ser pintado por Velázquez. A pintura mostra a figura de um homem com um ar duro, cruel, com cenho franzido, a um instante da cólera. Sua pele é avermelhada, a barba está por fazer e ele aparenta todos os seus 75 anos.

Inocêncio X fica um longo instante em silêncio. Depois diz: "Verdadeiro demais." E o quadro, em vez de ficar nas paredes do Vaticano, vai para o palácio privado do papa, onde poucos, ou nenhuns, poderão vê-lo.

Bento XIII

Todos os dias ele comia ovos pela manhã, feitos segundo uma receita pessoal. Bento é o criador dos ovos benedict, e só por isso já merece o céu.

Inocêncio XII

O último papa a usar bigode e barba era um homem honesto e correto. Proibiu que os papas cedessem terras a parentes, estabeleceu que não mais que um parente direto do papa poderia ser cardeal e combateu o nepotismo, dizendo que todos os homens eram seus sobrinhos.

Ele teve uma vida simples e uma morte simplérrima, posto que escolheu o próprio sarcófago, e este era modesto e econômico.

Mas, cinquenta anos depois de sua morte, Vincenzo Petra, o camerlengo do Vaticano, ordenou que sua tumba fosse ricamente ornamentada, tal qual a dos outros papas, mostrando que são todos iguais perante a Deus e aos escultores fúnebres.

Clemente X

Emilio Bonaventura Altieri está dormindo. Mas começa a ouvir um zum-zum ao longe, como se estivesse perto de uma colmeia. Abre os olhos lentamente e vê que não são abelhas que o cercam, mas cardeais. Ele pergunta o que estão fazendo ali, e um deles lhe responde que, depois de mais de quatro meses de concílio, ele foi o escolhido para ser o novo papa. Emilio responde que não quer e que não pode aceitar o cargo, pois já tem 80 anos e está fraco, tanto que nem foi à eleição naquele dia. Os cardeais não lhe dão ouvidos e começam a vestir-lhe as roupas papais à força. Emilio tenta lutar, mas está tão fraco que não consegue resistir.

Lágrimas rolam de seus olhos, e não são de alegria.

Emilio vai escolher o nome de Clemente X e ainda viverá por mais seis anos.

Leão XII

A carruagem papal passa pela rua. Mas os romanos, em vez de gritar "viva o papa!", de dar assovios e bater palmas como sempre, ficam em silêncio. Pelos lugares em que Leão XII passa, o burburinho transforma-se em quietude e só se ouve o barulho das rodas passando pelas pedras.

— O povo não está muito calado? — pergunta o papa a seu cocheiro.

— Sim, Vossa Santidade.

— E você sabe por quê?

— Sei.

— Então diga.

— Prefiro não dizer.

— Diga!

— Creio que é um protesto.

— Pelo quê?

— Isso eu não sei direito. Pode ser pelo fato de o senhor mandar tirar as estátuas de mulheres nuas das ruas, por mandar prender quem não tenha cumprido o preceito da Páscoa, por vetar o pedido de bis nos teatros, por ter proibido roupas femininas apertadas, por condenar à prisão os atores que improvisarem piadas sobre temas atuais, por ter banido a valsa ou por guilhotinar os defensores da unidade italiana na Praça do Povo.

O papa olha pela janela da carruagem e vê as pessoas mudas. Ele fica alguns instantes pensativo e depois comenta:

— Tudo bem, eu prefiro o silêncio mesmo.

Clemente XII

O tesoureiro do Vaticano lê o livro-caixa para o papa, que está cego. Os números estão quase todos em vermelho.

— Como chegamos a isso?

— Mais gastos do que ganhos, Sua Santidade.

— Precisamos fazer alguma coisa.

— Os impostos já estão altos.

— E não quero diminuir os gastos.

— Se ainda houvesse loteria, poderíamos tentar a sorte — diz o tesoureiro rindo com o canto da boca.

Clemente XII vira seus olhos brancos para o tesoureiro.

— Desculpe-me, Sua Santidade, eu não devia fazer chalaças com um assunto tão sério.

— Mas não foi uma chalaça. Foi uma ideia brilhante!

— Vamos jogar na loteria?

— Melhor que isso. Vamos fazer uma para nós!

— Uma loteria do Vaticano?

— Que fiel não vai querer apostar conosco? E, na esperança de vencer, ainda farão oferendas aos santos, darão óbolos às igrejas e dízimos ao Senhor.

— Sois um homem de visão, papa!

Bento XIV

— Ah, que vozes! Estes castrati não são uma maravilha?

— São excelentes, mas acho uma maldade fazer isso com os garotos.

— Realmente, uma maldade, papa. Uns quatro mil são castrados por ano. Muitos pelos próprios pais, na esperança de que virem cantores e fujam da pobreza.

— É preciso acabar com isto. Já estamos em 1720! Acho que vou proibir o uso de castrados nas missas.

— Mas, papa, o povo ama as vozes destes meninos. Acho que nossas cerimônias ficariam muito mais vazias sem eles.

— Muito?

— Muito.

— Tudo bem, vamos esperar mais cento e cinquenta anos.

Pio VI e Pio VII

As tropas de Napoleão entram em Roma no dia 15 de fevereiro de 1799.

Um mês depois, o papa Pio VI, com 81 anos, é colocado à força numa carruagem que cruza os Alpes.

Ele fica exilado por cinco meses em Valence-sur-Rhône, onde morre de desgosto e velhice.

Nos dias seguintes à sua morte, muitas gazetas da Europa preveem o fim do papado com manchetes do tipo: "Morre Pio VI e último."

Mas os jornais, como sói acontecer, estão enganados.

Depois da morte de Pio VI, os cardeais se organizam em Veneza e escolhem um novo papa.

Só que a igreja está com tão pouco poder e dinheiro que ele nem consegue ser coroado na imponente catedral de San Marco, e tem que se contentar com a igreja monástica de San Giorgio Maggiore.

Não há nem mesmo lugar para todos os fiéis, com o que muitos têm de assistir à cerimônia sobre gôndolas.

E, dos canais de Veneza, eles veem o papa Pio VII ser coroado com uma tiara de papel machê.

Pio VIII

O papa está na biblioteca do Vaticano, cercado de bíblias por todos os lados. Elas foram escritas em todas as línguas que o homem fala ou falou, em todas as letras que o homem escreve ou escreveu.

Ali estão a bíblia do judeu Abraão Usque para o espanhol, a do rei Gustavo Vasa para o sueco, a de Saadia Gaon para o árabe antigo, a de Mesrob Machtots, escrita à mão, para o armênio, a de São Cirilo, que inventou o alfabeto cirílico para traduzi-la ao eslavo, a versão em inglês do rei James, a alemã de Martinho Lutero e a versão em português do protestante e aventureiro João Ferreira de Almeida.

Pio VIII, que ama a missa em latim, olha com desprezo para todos aqueles livros e, com ar pesaroso, escreve em seu diário: "As traduções torcem e retorcem as palavras, trocando-lhes o som e o sentido. As traduções mergulham as palavras em veneno em vez de batizá-las com a água da salvação. Tradutores, traidores."

Pio IX

Decretou o dogma da infalibilidade papal, segundo o qual o sumo pontífice, quando delibera solenemente em matéria de fé, está sempre correto.

Não há registro de como o Pio IX explicou esta tese pela primeira vez aos seus bispos, mas pode ter sido assim:

— Eu digo que sou infalível, logo, se eu sou infalível e digo que sou infalível, sou infalível mesmo.

Gregório XVI

Gregório adora o passado. Tanto que criou o museu etrusco, o museu egípcio e o museu cristão, onde ele gosta de caminhar sozinho à noite.

Agora mesmo ele anda entre as cruzes segurando uma vela, tal qual se fosse um fantasma, e pensa quanto as novidades o infernizam. Foi por isso que ele escreveu contra a liberdade de imprensa, contra a unidade italiana e contra a separação entre Igreja e Estado, ideias modernas que começam a passear pelo mundo. Chegou mesmo a proibir trens e ferrovias nos estados papais, e chamou as estradas de ferro de "estradas do inferno".

Gregório senta-se num trono e apaga a vela com um suspiro, deixando tudo na mais completa escuridão. Para ele, o mundo é perfeito e nada deve mudar. Tudo deve ficar igual para sempre. Como num museu.

Pio XI

O papa e Benito Mussolini estão frente a frente, cada um com uma caneta nas mãos.

Mussolini: Este Tratado de Latrão será um bom negócio para os dois lados.
Pio XI: Mas melhor para vocês.
Mussolini: Não faça esta cara, o Vaticano terá soberania plena.
Pio XI: Em troca renunciaremos aos nossos antigos territórios.
Mussolini: Eles já não eram seus há muito tempo. E vocês receberão uma boa indenização. Além disso, o catolicismo será a religião oficial da Itália e seu ensino se tornará obrigatório em todas as escolas.
Pio XI: Não se esqueça do divórcio.
Mussolini: Está terminantemente proibido. Mas em troca...
Pio XI: O que mais? Já apoiei seu partido nas eleições de março e já disse que você foi um homem enviado pela providência.
Mussolini: Eu sei, eu sei, mas queria que Vossa Santidade desse pessoalmente uma bênção para as tropas que partirão para a conquista da Abissínia.
Pio XI: Mais isso?
Mussolini: O que custa? Um favorzinho de nada...
Pio XI: Está bem...
Mussolini: Ah, grande papa! Dê cá um abraço!
Pio XI: Você está me sufocando.
Mussolini: Perdão, me empolguei, irmão. Posso chamá-lo de irmão?
Pio XI: Chama-me apenas de amigo.

Pio XII

O papa e Francisco Franco estão frente a frente, cada um com uma caneta nas mãos.

Franco: Esta Concordata entre a Santa Sé e a Espanha será um bom negócio para os dois lados.
Pio XII: Mas ainda melhor para nós que para vós.
Franco: Ora, para a Espanha será ótimo. Nosso governo precisa de reconhecimento internacional.
Pio XII: Não é mais que a nossa obrigação. Afinal, a Guerra Civil foi uma cruzada contra os ateus e os maçons. O senhor salvou a Espanha do comunismo.
Franco: Sim, e doravante o catolicismo será a única religião da nação.
Pio XII: Em compensação, o Estado poderá propor e vetar as nomeações de bispos pelo papa.
Franco: Pois eu lhe digo que os feriados católicos serão os feriados da Espanha.
Pio XII: Então diariamente os sacerdotes espanhóis rezarão pelo país e por seu soberano.
Franco: Daremos uma dotação anual à Igreja. Não esqueceremos arcebispos, bispos, coadjutores, vigários, seminários e universidades eclesiásticas. Além disso, capelas e escolas religiosas não pagarão impostos.
Pio XII: O único jeito de agradecer a isto é condecorando-o com a Ordem de Cristo, a maior honraria que a Santa Sé pode conceder.

Franco: Dê cá um abraço.
Pio XII: Com muito gosto!
Franco: Posso vos chamar de amigo?
Pio XII: Chama-me de irmão.

João Paulo I

De trás para a frente, foi assim:

1998: O corpo de Roberto Calvi, ex-presidente do Banco Ambrosiano, é exumado. Uma equipe de médicos forenses diz que Calvi foi assassinado e que só depois teria sido colocado sob a ponte, a fim de simular um suicídio.
1987: Após longa investigação, um juiz de Milão pede a prisão de Paul Marcinkus (presidente do IOR, *Instituto per le Opere di Religione*). Ele se refugia no Vaticano, que lhe dá asilo.
1983: O Vaticano gasta cerca de US$ 100 milhões para ressarcir os clientes do Banco Ambrosiano.
1982: Estoura o escândalo do Banco Ambrosiano, maior banco privado da Itália. Ele quebrou após o governo descobrir um rombo de US$ 1,2 bilhão. O Vaticano possuía 16% do capital do Ambrosiano. As investigações sobre a falência trazem à tona algumas operações nebulosas, como desvio de fundos para uso particular. Paul Marcinkus é acusado formalmente.
1982: Duas semanas antes do escândalo, o corpo do presidente do Ambrosiano, Roberto Calvi, é encontrado enforcado sob uma ponte de Londres. A polícia diz que foi suicídio.
1982: Uma dia antes da morte de Roberto Calvi, sua secretária morre ao cair do quarto andar da sede do Banco Ambrosiano em Milão. A polícia diz que foi suicídio.
27 de setembro de 1978: João Paulo I é papa há exatamente 32 dias. Naquela noite, ele vai dormir preocupado. Ficou sabendo que há suspeitas de corrupção ligando o Banco Ambrosiano ao

IOR. E Paul Marcinkus, um antigo desafeto, estaria envolvido. João Paulo I pensa em fazer uma ampla investigação. Então toma uma xícara de chá e deita-se para nunca mais levantar.

João Paulo II

28 de junho de 2012. Nhá Chica, com uma auréola sobre a cabeça, entra numa sala muito cheia. Cheíssima. Abarrotada. Ela se aproxima de um sujeito crivado de flechas e diz:

— Beata Francisca de Paula de Jesus, muito prazer.

— Sebastião, às suas ordens.

— Meio cheio aqui, não?

— Muito. Chegou hoje?

— Pois é, pensei que tivéssemos um lugar especial aqui no paraíso. Um espaço vip ou algo assim, entende?

— Olha, esta nossa sala já foi bem mais espaçosa. Mas o João Paulo II beatificou 1.340 pessoas e canonizou 483 santos. Mais do que nos cinco séculos anteriores.

— Tudo isso?

— Tudo isso. Aí ficou esse aperto. Nem dá para sentar. Opa! O Josemaría Escrivá levantou para ir no banheiro. Vou pegar a poltrona dele, com licença!

Bento XVI

O papa está num avião da Alitalia que o leva para Yaounde, capital de Camarões, país que tem 5,5% de sua população infectada pelo vírus da Aids.

Um jornalista se aproxima de Bento XVI, mostra-lhe dois preservativos e pergunta:

— Gostaria de saber qual a opinião de Vossa Santidade sobre isso?

O papa pega as duas camisinhas, olha para o jornalista e responde:

— Não se pode vencer a Aids com distribuição de preservativos. Pelo contrário, isso pode até aumentar o problema.

— Hã... tem certeza, papa?

— Absoluta.

O jornalista volta ao seu lugar. Bento põe uma camisinha no dedo indicador direito e outra no dedo médio, de modo que sua mão parece uma pessoa usando grandes botas. Então começa a cantarolar uma tarantela e seus dedos dançam alegremente sobre o braço da cadeira.

Francisco

Pedro e Paulo são católicos apostólicos romanos. Por isso eles estão muito contentes neste dia 13 de março de 2012. É que o novo papa acabou de ser eleito. Enquanto assistem pela tevê à sua primeira aparição, os dois comentam:

— Olha lá, ele está vestindo uma batina branca simples, sem nenhum luxo.

— Quem diria?

— E usa uma cruz de aço. Nada de ouro.

— Ótimo. A igreja precisa de um pouco mais de modéstia.

— O comentarista disse que ele é argentino.

— Puxa, que bárbaro! O primeiro papa do continente americano!

— E parece que vai se chamar Francisco. Deve ser em homenagem a São Francisco de Assis.

— Nome muito bem escolhido. Mostra que ele vai se dedicar aos pobres e aos animais.

— Vou dar uma olhada na internet para ver o que eu descubro.

— Isso, dá um Google nele.

— Hum... Já achei umas coisas. Aqui diz que é um homem de origem simples, filho de um ferroviário e de uma dona de casa.

— Bom começo.

— Parece que gosta de futebol. Seu time é o San Lorenzo de Almagro.

— Torcer por time pequeno é prova de caráter.

— Dizem que durante a ditadura emprestou seus documentos a um homem parecido com ele para que fugisse da Argentina.

— Bela atitude.

— Gosta de Dostoievski e Borges.

— Maravilha!

— Ops...

— O que foi?

— Estou vendo aqui que ele disse que o casamento entre pessoas do mesmo sexo é coisa do diabo, que é "um atentado destrutivo contra o plano de Deus".

— Ele disse isso?

— Disse.

Os dois ficam um tempo em silêncio. Então Pedro põe suavemente sua mão sobre a de Paulo e diz:

— Ninguém é perfeito.

Este livro foi impresso
pela Geográfica para a
Editora Objetiva em
setembro de 2013.